永远的杜梨

安泰 著

陕西新华出版
太白文艺出版社·西安

图书在版编目（CIP）数据

永远的杜梨 / 安泰著. -- 西安：太白文艺出版社，2025.1. — ISBN 978-7-5513-2722-0

Ⅰ．I227

中国国家版本馆CIP数据核字第2024MB7458号

永远的杜梨
YONGYUAN DE DULI

作　　者	安　泰
责任编辑	蒋成龙
封面题字	孙瑞芝
封面设计	刘柏宸
版式设计	新纪元文化传播
出版发行	太白文艺出版社
经　　销	新华书店
印　　刷	廊坊市印艺阁数字科技有限公司
开　　本	787mm×1092mm　1/16
字　　数	243千字
印　　张	24.25
版　　次	2025年1月第1版
印　　次	2025年1月第1次印刷
书　　号	ISBN 978-7-5513-2722-0
定　　价	68.00元

版权所有　翻印必究
如有印装质量问题，可寄出版社印制部调换
联系电话：029-81206800
出版社地址：西安市曲江新区登高路1388号（邮编：710061）
营销中心电话：029-87277748　029-87217872

序 / 欧阳廷亮

读罢安泰先生的诗集《永远的杜梨》,掩卷细思方能品味出作者酷爱"杜梨",倾尽笔墨,尽情讴歌的炽热,更能感受到作者热爱家乡、热爱草原、热爱生活的执着与深情。

杜梨,亦称棠梨。千百年来,杜梨作为一种植物在中国文学史的百花园中,虽不及国色天香的牡丹雍容华贵,却也占有重要的一席之地。中国第一部诗歌总集《诗经》以植物起兴的诗歌很多,而以杜梨起兴的诗歌就有好多首,如《诗经·唐风》里的《杕杜》和《有杕之杜》,《诗经·小雅》里的《杕杜》和《棠棣》,以及《诗经·国风·召南》里的《甘棠》。它们均以杜梨为象征和比喻,用来抒发、讴歌和赞美亲情、友情、爱情,寄托家国情怀。由此,我又想起了中国当代著名作家路遥先生,他在长篇小说《平凡的世界》里,曾细腻描写男主人公孙少平和女主人公田晓霞顶风冒雨在杜梨树下进行爱情约定的情节。为什么选择杜梨树而不是其他的树?我想,路遥先生不可能是随意一笔,肯定有其特殊的寓意和象征。

亘古的杜梨,亘古的情怀,亘古的忧伤,亘古的爱情,在历史的长河里一直生长着、流淌着。我以为,每个人的心中都有属于自己的、寄托了许多情感和意志的杜梨树。安泰先生的诗歌似乎也印证了这一点。

安泰先生的诗集《永远的杜梨》收录了近三百首现代诗歌,大多数在报刊上公开发表过。从结构线索上看,全集共分杜梨之根、杜梨之叶、杜梨之恋、杜梨之情、杜梨之花和杜梨之果六个部分。开篇之作是《杜梨树》,作者用饱含深情的文笔,从不同视角,多维立体地描绘、塑造和刻画了"杜梨树"这一典型艺术形象，神态气韵栩栩如生，善行善德真切感人。它虽"生于道左"，默默无闻，但挺拔坚强，荫护一方，见证历史，见证变迁，胸襟宽广，博大博爱，蕴藏着深刻而朴素的人生感悟和哲学真理。饱经沧桑的杜梨树，是全书的主线和灵魂，串起了书中众多的人物故事和场景意蕴，将六个部分有机地连缀成一个整体。

安泰先生的诗歌，立意深远，主题鲜明。作品以现实生活为题材，以祖辈父辈为原型，以故乡亲情为背景，讴歌了母爱和乡情，赞美了爱情和友情，抒发了对故乡和草原的思念，倾诉了对乌海和家乡的热爱，关注着社会民生，表达着理想信念，凝聚着强烈的家国情怀，践行着主旋律，充满了正能量。

在"杜梨之根"中，作者讴歌了祖辈的悲欢离合和父爱母爱，散发着故土淳朴醉人的麦香气息，弥漫着草原摇篮沁人心脾的花草芬芳。在"杜梨之叶"中，作者赞美了故乡的大漠长河、山水湖沙和花草树木，赞颂了乌海这方热土几十年来的发展变化，许多情真意切的感慨，如蓬蓬勃勃的热气扑面而来，如源头活水滋润心田，净化血脉。在"杜梨之恋"中，作者叙说了童年草原的蓝天白云、绿草鲜花和牧歌长调、驼马牛羊，从中可以品味出作者最依恋、最动情、最难忘、最怀念的这一段天真烂漫的孩提岁月。在"杜梨之情"中，作者抒写了青春时代的风华正茂和爱情友情。那些景、那些情历历在目，亲朋好友苦乐与共，情深谊长永远难忘。在"杜梨之花"中，作者抒发了对理想、希望的憧憬与寄托，对美丽远方的无限向往。往事钩沉赏心悦目，励人奋进走向未来。在"杜梨之果"中，作者描绘了祖国的壮美山河，展现出一幅幅曼妙的画卷，抒发了深厚浓郁的家国情怀和对子孙晚辈的深切期待，字里行间跳动着、迸发着热切关爱。

安泰先生诗歌创作风格独特，具有浓郁的草原芬芳和泥土气息。主要特点有三：其一，厚重朴实，自然流畅。作品采用现代诗歌的表现形式，借景抒情，寓情于景，情景交融，情真意切，抒发思想和感情，视野开阔，意蕴深广，情感真挚，舒展流畅。其二，广学博采，传承国风。既探得当代诗歌创作的艺术精要，积极尝试现代创作手法，力求与时俱进，弄潮大海，又坚守中国传统诗歌创作的精髓，契合音乐韵律，追求优雅隽永、精美新颖。其三，气势磅礴，激情浪漫。许多诗作豪放大气，神韵丰沛，反映时代发展的风貌变迁，记录开拓创业的坚实脚步，讴歌身边秀美的山水湖沙，赞美改革发展的奋斗精神，渲染出一幅幅辽阔草原芬芳烂漫的多彩图景，描绘出一幅幅山水湖沙旖旎醉人的美丽画卷。

安泰先生热爱生活，始终坚持深入生活、反映生活，从中获得取之不尽、用之不竭的创作素材和丰富多彩、鲜活生动的创作灵感。作者从小热爱草原，热爱故乡热土，热爱山水湖泊，热爱大漠孤烟，常常游走其间，并为之感动和陶醉。到生活中去，从生活中来，坚持学习，广泛涉猎，坚持创作，笔耕不辍，描述和抒写火热的社会生活，讴歌和赞美秀丽的山山水水，创作了大量鼓舞斗志、提振精神的诗歌作品，体现出很强的社会责任感和使命感，非常值得称道。

时值《永远的杜梨》出版之际，谨向广大读者朋友推荐这部诗集。它是一部充满情感、富有哲理、意境深远的好书，相信它会给读者们带来许多阅读乐趣和人生启迪。

是为序。

2024 年 4 月

（欧阳廷亮，男，曾供职于中国葛洲坝集团和香港中旅集团，系中国电力作家协会会员、陕西省作家协会会员。在《长江文艺》《江河文学》《安徽文学》《当代诗坛》《朔方》《青海湖》《国家电网报》等报刊上发表过上百篇诗歌、散文和小说。2013 年，被收入《中国小说家大辞典》，其短篇小说《小镇更夫》被《中国小说家代表作集》收录，中短篇小说集《小镇五夫》，由陕西太白文艺出版社正式出版发行，现为全国大中小学馆藏书。2019 年，中英文对照诗集《欧阳廷亮短诗选》由银河出版社正式出版发行）

目 录

 杜梨之根

杜梨树 / 2

回故乡 / 11

麦田下面埋着我的祖先 / 12

她的名字叫乌兰 / 13

乌兰的两只银碗 / 15

鄂托克的童年 / 17

回到童年,回到草原 / 20

鄂托克的夏天 / 22

鄂托克召的钟声 / 23

鄂托克龙 / 24

高原与勘探 / 25

方言 / 27

阿尔寨石窟 / 28

成吉思汗的百眼井 / 29

八瓣梅,格桑花 / 30

梦与圆 / 31

草原的收获 / 32

烈酒与乡愁 / 33

三小天鹅致母亲 / 34

月光 / 35

太阳和月亮 / 36

清明节致母亲 / 37

又一个清明时节 / 39

寒衣节致母亲 / 41

饺子里的铜钱 / 43

忧伤 / 44

母亲点亮了正月十五的灯笼 / 45

甘德尔山，太阳神的摇篮 / 46

阿爸的茶砖 / 47

秋叶的思念 / 48

农村与泥土 / 49

远去的故乡 / 51

过年的味道 / 52

中秋之夜的月光 / 54

有一种生命，叫磷火 / 56

母亲与我 / 57

思念 / 59

马头琴 / 60

父亲的背脊 / 61

归来 / 63

 杜梨之叶

乌海神话·我的家 / 66

乌海神话·家乡的树 / 69

乌海神话·家乡的丁香花 / 72

女娲的三块遗石 / 74

四合木与格桑花 / 75

花·树 / 76

凤凰河 / 77

甘德尔山与乌海湖 / 78

乌海湖的多宝粥 / 79

从甘德尔山到乌海湖的距离 / 80

乌海湖，我的伙伴 / 82

乌海湖水荡漾在我心底 / 83

梦回乌海 / 84

走近四季的湖畔 / 85

乌海人·太阳神 / 86

风景与图腾 / 87

驼队 / 88

立冬遐想 / 89

从此做一个幸福的人 / 90

飞雪与火炉 / 92

西行客栈 / 93

相机的一天 / 94

乌海的葡萄与园丁 / 95

葡萄熟了 / 96

葡萄酒的颜色和味道 / 97

葡萄与风铃 / 98

乌海湖的红嘴鸥 / 99

红嘴鸥与红玫瑰 / 101

飞走吧，红嘴鸥 / 102

秋思三景 / 103

我家住在甘德尔山上 / 105

乌海：葡萄篮子，美丽家乡 / 106

春天的脚步如此温热 / 107

甘德尔山与岩羊的高度 / 108

乌海湖与红嘴鸥有一个约定 / 109

我在湖畔等你 / 111

爱在乌海 / 113

乌海湖，红嘴鸥在飞翔 / 116

红嘴鸥、喜鹊与乌海湖 / 117

 杜梨之恋

草原，草原 / 120

草原的生年 / 122

走进草原深处 / 123

草原的博物馆 / 125

草原的奇石 / 127

草原的馈赠 / 128

草原的乡愁 / 130

草原上的一棵树 / 131

草原的编制 / 132

草原上的诗集 / 134

草原的脸庞没有皱纹 / 135

草原不同的颜色相同的爱 / 136

草原来信 / 137

草原畅想 / 138

草原、故乡与文字、微信 / 139

草原与疫苗 / 140

思念草原 / 141

有一种思念叫草原 / 143

心中的草原 / 144

把春天写进对联 / 146

借我一袭燕子的羽衣 / 148

诗与远方 / 150

童话 / 151

秋千 / 152

风干的草原 / 153

别问我为什么 / 154

依恋 / 155

星星与羊群 / 156

我在草原等你 / 157

借我一首浪漫的歌 / 159

一首诗和一条河 / 163

因为草原有爱就有了十四段诗行 / 164

草原之恋 / 166

草原的诗歌 / 167

草原与故乡 / 169

雪与雨 / 171

草原是一本书 / 173

小草的情怀 / 176

一条小路 / 177

太阳的七彩衣衫 / 179

写一封信致自己的童年 / 180

老榆树 / 182

草原的歌声 / 184

我从草原走过 / 186

哦，我的乌仁都西 / 188

秋风是用黄桃木做的 / 189

你要写草原就不能只写草原 / 190

杜梨之情

马兰花 / 192

樱桃花 / 193

梨花盛开 / 194

三角梅 / 195

蒲公英 / 197

蒲公英的种子 / 198

风雨春秋 / 199

冬天的雪 / 200

树·雪 / 201

秋叶 / 202

春秋之恋 / 203

人和鱼的距离 / 204

小草与飞燕 / 205

无言的石头 / 206

我想做一滴雨 / 207

天上的雨,谁的泪 / 208

一起去远方 / 209

一路上有你 / 211

你在远方的远方流浪 / 213

微信是你我相约的地方 / 214

蓝天与大地 / 216

你走了 / 217

双曲线 / 219

绵绵的思念 / 220

等你 / 221

望着你的双眼 / 223

谢谢你的早安 / 224

饮茶 / 225

语言与温暖 / 226

听雨 / 227

谁陪我一起去远方 / 228

寂寞 / 229

逝去的诺言 / 231

我的茶叶，我的爱情 / 232

我没有等到你 / 233

在睡梦中总能遇见你 / 235

乌兰布和夜空的星星 / 237

春节的礼物 / 239

执着的春天 / 240

春天的雪 / 241

 杜梨之花

收获 / 244

贺礼 / 245

同一个太阳和月亮 / 246

图腾无殇 / 247

又见马兰花开 / 248

沙柳 / 249

树与树 / 250

输电塔上的鹊巢 / 251

谦虚的秋天 / 252

把诗歌铭刻心间 / 253

在月球上建个农场 / 254

让我们一起走吧 / 255

追日之旅 / 256

岁月 / 257

火山岩 / 258

礼花与灵魂 / 259

清茶与烈酒 / 260

苍松与落叶 / 261

梦想与向往 / 262

牛羊与诗人 / 263

弓背与弓弦 / 264

请打开你的美丽 / 265

祝您晚安 / 266

远方 / 267

黑板擦 / 268

创伤 / 269

五官 / 270

风筝线 / 271

想活得简单 / 272

裁缝 / 275

雪与雨的性格和颜色 / 276

三伏天与三九天的诗行 / 277

牛背上的春天 / 278

遗忘卡 / 279

快递一个春天到月宫 / 281

港口 / 282

一缕阳光从我手心滑落 / 283

零落的树叶 / 285

阳光，美丽的头发 / 287

诗歌是一股清泉以及其他 / 289

冰面上的陀螺 / 291

冷静的冰河 / 292

驼盐古道的神泉与神树 / 294

梭梭林之歌 / 296

七棵树 / 298

树与风 / 299

骆驼之歌 / 301

雨后的乌兰布和 / 303

飞翔的梦 / 304

 杜梨之果

黄河，我的母亲河 / 308

祖国吉祥，母亲安康 / 310

端午遐思 / 311

端午的眼泪 / 312

游子与母亲 / 313

海市蜃楼 / 314

朝天椒 / 315

农民工老张之歌 / 316

茶叶之歌 / 317

哲学家的任务 / 318

你怎么走得那么早
　　——致鲁迅 / 319

匕首与投枪 / 324

鲁迅墓前的两棵玉兰树 / 325

两棵枣树 / 326

说给鲁迅的话 / 327

笔 / 328

消失的碱湖 / 329

乌兰布和之殇 / 330

低调的雪花 / 332

湖水中的影子 / 334

进化的石鸡 / 335

草原心语 / 337

三月里桃花盛开 / 338

期待着，去武大看樱花 / 339

杜梨啊杜梨 / 341

人间四月姐妹花 / 342

裁缝心语 / 343

借我一缕温暖的阳光 / 345

压岁钱 / 347

最美人间四月天 / 348

童年的礼物 / 350

海鸥和孩子 / 351

雏鹰的春天 / 352

草原的勒勒车 / 354

善良与梦想 / 356

酒风 / 358

钟爱生命的颜色 / 359

小寒时节与孩子的脚步 / 360

孩子与冰车 / 361

新年从早市开始 / 362

新年从午夜开始 / 363

礼物 / 364

深秋的杜梨树 / 366

后记 / 369

杜梨之根

杜梨树

1

那一年

那一年春天

我还是一个懵懵懂懂的儿男

祖母紧紧地把我的小手相牵

从茫茫的草原千里迢迢

回到她魂牵梦萦的故园

那个季节

燕赵平原

冬去春来

乍暖还寒

冷风瑟瑟吹彻长空

烟雨丝丝飘零弥散

来到村头

隔着麦田

祖母啊

踮着她缠过足的一双小脚

高扬起从未高扬过的大手

远远地指给我看

麦田对岸

一望无垠

一棵高大茂密的杜梨树

在风中摇曳

祖母沧桑的声音颤巍巍
　　响在我耳边
　　孩子啊孩子
杜梨树下那低矮的小冈
安息着我们共同的祖先
　　我带你近前祭拜
　　再焚烧一些纸钱
　　纸钱化作青烟
　　青烟直上青天
　　宽厚的杜梨树
　　像感受到哀伤
弯曲低垂着枝丫绿叶
垂挂的杜梨像我一样
　　凄楚青涩
　　在凄风冷雨中
　　声声呜咽
祖母摘下杜梨几串
轻轻地捧到我手心
　　深情地告诉我
杜梨果虽然味不甜
个不大样子不起眼
　　可杜梨树耐寒凉
　　坚韧耐旱
　　她御风沙挡苦雨
　　树冠如伞
　　守护祖先好多年
　　未有丝毫的抱怨

我们要带杜梨籽一起去

一起再去茫茫草原

要把她种在新建的家园

种在宽阔的湖水边

饥渴中

给她浇浇水培培土

阳光下

给她温暖给她时间

她回赠我们开拓创业者啊

一个绿荫蓊郁的美丽世界

那一刻，一席话

年幼的我似懂非懂

长大后似乎才明白

种下去的小小杜梨树籽啊

寄托了祖母多少理想信念

2

又过了几年

杜梨籽萌动在湖边

破土在草原

生了根发出小嫩芽

一天又一天

长出青的枝绿的叶

她长啊我也长

长成翩翩少年

家庭生活虽然困难

祖母用七彩的碎布
在昏黄的夜灯下
给我缝制了一个新书包
像彩虹那般灿烂
在一个漆黑黑的黎明前
早早把我催醒
送我报到入学
语重心长地说
小杜梨已长得很高
你也要快快地成长
勤学习多锻炼
像小杜梨一样
早为草原增绿色
多为湖水献清波
在茁壮的小杜梨树下
顽皮的我时常磕磕绊绊
偶尔受了小伙伴的委屈
祖母都会温和地教导
要像杜梨树一样宽容
游人折去她好多枝叶
她静默无言
忍着痛苦在风中摇头
那是在劝说
这是你生息的家园
要懂得珍惜
只要下次不再冒犯
多少个漫长的夜晚

她陪我温习功课

又为我纳着鞋底

一夜又一夜

一针又一线

看在我眼里

穿在我心间

多少回踢足球

扯坏身披的寒衣

她连夜飞针走线

把破衣还原

多少次上考场

担心我有压力

总是在安慰

只要努力了

就不怕倒下

要像倒下的杜梨树的身躯

即使成不了那雕梁画栋

也要去做美厨娘的砧板

不求岗位

只做奉献

故乡的杜梨树是先驱模范

又过了好多年

小杜梨已硕大参天

我也长成风华正茂的青年

祖母还在担心我啊

担心我睡懒觉耽误了工作

还在通宵为我值夜

把我唤醒在黎明前
等我娶了新娘住了新房
祖母又赠我闹钟北极星
嘀嗒作响
鞭策启迪
今后还要黎明即起
让北极星把我催唤

3

又过去了好多好多年
杜梨蓬勃得枝繁叶茂
已是冠盖遮天
我虽不如杜梨长得高大
也已人到中年
只是祖母的发丝霜染如雪
弯曲的身体一年不比一年
当年祖母的身躯是那样舒展
像极了故园那棵老杜梨树干
只有关爱叮咛的深情
依然温暖
依然温暖如春的话语
气若游烟
又是一个草原的春天
湖畔依然凄冷
长空天高云淡
一行大雁声声相唤

飞向那北方的天边

祖母说大雁是要回家了

我也想念故乡的杜梨树

想回到她的身边

那一月，那一天

我把祖母拥抱在湖畔

在那小杜梨树下

她用尽气力嘱托

你和小杜梨都已成年

培育呵护你们

虽然耗尽心血

但你们已深深地扎根

扎根在草原

扎根在湖畔

我死而无憾

杜梨树都是小杜梨籽长大的

我来自生养老杜梨树的故园

我走后你不要悲泣

要把我的身躯化为灰烬

要送回故园的杜梨树前

深埋在树下的泥土里

我要陪伴在祖先身边

用我身躯化作的灰烬

给杜梨树供奉些营养

感谢她陪伴祖先

陪伴祖先上百年

在祖先的天界

我还会祝福你
祝福你啊，祝福你
继续努力，好好努力
哪怕还有一口气
哪怕只有一分力
决不吝惜
都要奉献
把草原建设得像天堂
把大湖装扮得像乐园
那一天啊，那一天
祖母轰然倒下
倒在杜梨树下
倒在不尽的思念里
未来得及再看我一眼
从此生命永恒
永远永远长眠
又是一个凄风苦雨的春天
我把祖母的骨灰抱在怀里
回到平原回到故园
我跪在老杜梨树下
完成了祖母的遗愿
也点上串串纸钱
纸钱又化作青烟
青烟又飞上青天
我抬头仰望
仰望啊仰望
杜梨树在寒风中枝叶颤抖

像是收留了她牵挂的杜梨

那一刻我刻骨铭心

终于明白了

我是祖母的子孙

祖母就是杜梨树

不管我走得有多远

她都把我留心间

无论她离我有多远

我永远把她思念

回故乡

秋意渐凉
鹅草正黄
雁叫声声
长空上

父亲领航
母亲守望
小雁相随
阵成行

追着太阳
寻梦远方
万里飞翔
不彷徨

栖遍南北
回头望乡
春来秋去
最难忘

麦田下面埋着我的祖先

农村的土地资源那么稀缺
先祖又不是什么英雄豪杰
他们低矮的坟茔很早都已平掉
他们的骨灰都埋在麦田的下面
麦田下面有我祖先的祖先
麦田下面有我爷爷的爷爷
史书上未刻下先祖的模样
如今只能看到翻滚的麦浪
记忆中嗅不到先祖的味道
如今只能闻到麦粒的清香
那挺拔的麦秆应该就是墓碑
那成熟的麦穗应该就是墓志
每年清明每年的祭祀时节
我都要来到村头来到麦田
祈祷先祖的土地播种时风调雨顺
祈福先祖的故园收获时丰谷满仓

她的名字叫乌兰

那是鄂尔多斯高原的一个小镇
像茫茫草原上翱翔之鹰的慧眼
目睹了千年的风云变幻

沧桑的视线曾远眺天边
策马驰来神圣的成吉思汗
饮骑在那美丽的圣水湖畔

小镇虽小,沐浴天骄祈愿
胸怀像草原一样壮阔辽远
生生不息孜孜不倦

送走过无数开疆拓土的英雄
创造了多少五彩缤纷的世界
将光荣从昨天辉煌到明天

小镇啊,我的圣殿
她是哺育我成长的摇篮
她是我挥洒青春的家园

她是那朵最舒展的云霞
高高挂在我心怀的蓝天
彩虹也比不得她婀娜壮观

她的笑容是那样绚烂

她是七彩中的浪漫

比草原的绿色更娇艳

她的春天在阳光下飞舞

大雁都赞美她的热烈

比太阳的光辉还温暖

她的生命啊，是如此的深沉

沉浸在我的血脉，涌动波澜

她的名字叫乌兰

乌兰的两只银碗

草原深处栖落着一座小镇
小镇身旁依偎着两泓湖湾
一泓咸水湖
一泓淡水湾
咸水湖　淡水湾
像祭祀苍天的两只银碗
一只挤满了牛羊的乳汁
多么芳香甘甜
一只盛放着春天的雨露
那么滋润新鲜
小镇安康
离不开乳汁的哺育
花草娇艳
更需要雨露的浇灌

湖湾的主人叫乌兰
伫立在天边
守望着家园
双手捧起两只银碗
面朝苍天
虔诚祈愿
希冀草原丰饶
期盼牛羊繁衍
祈祷四季赐福

祝福子民平安

她把上苍供奉

供奉了上千年

咸水湖　淡水湾

沐浴着我的童年

虽然分别得已经太久

依然浸润着我的心田

尽管相距得那样遥远

仍然激荡在我的心间

每一次回望湖湾

我都是满眼含泪

每一回拥抱小镇

我都有一个心愿

我愿化作咸水湖

我愿化作淡水湾

成为乌兰的两只银碗

永远守护着天堂草原

鄂托克的童年

童年
像铺满樱桃花的小路
沿着纯真的方向
通往记忆的深处

那里有草原
在每一个黎明中醒来
静静的湖泊
像她温柔的眼睛
芳草似她美丽的睫毛
眨动着晶莹的露珠

那里有蓝蓝的天
像一个高尚的园丁
雪白的云朵盛开
花团锦簇
是她呵护的花树

那里有无边的高原
比高原还高的
是翱翔的雄鹰
把牛羊巡视守护
还有撒欢的野兔

马背上有父亲放牧的背影

背影中是母亲

手捧甘甜的乳汁

喂养羔羊付出的辛苦

夕阳下有袅袅的炊烟

在每一个黄昏升起

像祭祀苍天的缕缕情思

酽酽的马奶茶香

是对辛劳的敬礼

在洁白的毡房里弥漫飞舞

那里有纯美的湖水

酿成醇厚的烈酒

浸润着迎宾的长调

沧桑而不孤独

马头琴如泣如诉

是她悠扬的伴舞

那里有鄂托克召的白塔

像原野中矗立的导航

把如意和吉祥指引

庄严的佛龛

收藏了虔诚的祈愿

和刻满祝福的经书

那里有英雄无数

演绎了多少神话传奇

每翻开一页诵读
英雄的精魂
都飘荡在美丽的夜空
把黑暗照亮
像金星闪烁

那里的草原热爱春天
马兰花为她怒放盛开
像披上了蓝色的哈达
圣洁而朴素
鸿雁为她高歌曼舞
把春意启萌
为爱情传书

那里的每粒蒲公英籽
都携带着亲情的信息
无论她飘到哪里
都会赓续浓浓的血脉
在我心中流淌
奔腾不休

童年
是开满樱桃花的小路
纯真是向导
带我回到记忆的深处

杜梨之根

回到童年,回到草原

借我一只摇篮
摇出一张笑脸
绽放得像花朵
盛开的春天

借我一架秋千
荡回一个童年
灿烂得像曙光
初照的季节

借我一缕春风
吹绿一片草原
美丽得像天堂
克隆的画卷

借我一群牛羊
编织一行语言
淳朴得像诗歌
倾吐的心血

借我一抹蔚蓝
描绘一穹苍天
广袤得像父亲

苍茫的心田

借我一丝温柔
装点一方原野
辽阔得像母亲
　　胸怀的牧园

借我一道彩虹
飞架一河两岸
忙碌得像天桥
　　铺路的喜鹊

借我一行鸿雁
带走一片思念
伤感得像秋风
　　冷落的林间

借我一桩心愿
流淌一汪清泉
清澈得像故乡
　　重现的日月

鄂托克的夏天

鄂托克的夏天是多彩的
夏天的鄂托克是多彩的
多彩的鄂托克是多彩的
天是青的,山是青的
云是白的,羊是白的
草是绿的,鸟是绿的
阳光是紫色的,鲜花是紫色的
湖泊是蓝色的,河水是蓝色的
牧人的皮肤都是青铜颜色的
纯真的眼睛是黑色的
温暖的胸怀是橙色的
流淌的心血是赤红的
热爱草原的感情都是七彩的

鄂托克召的钟声

梦中也是牧人
蓝天浪漫多情
眷恋着草原的青春
一轮紫日当空
青青绿草如茵
羊群似飘荡的白云
鄂托克召的双手
捧起吉祥的哈达
送别夕阳下的黄昏
在漆黑的黎明前
点燃赤橙的香烛
温暖了春天的钟声

鄂托克龙

鄂托克龙曾经走过亿年万年千年
如今已消失在那遥远遥远的天边
只把一对对的足迹刻在了岁月中
只把未孵化的恐龙蛋留在了草原

在火山爆发海面下沉的那个夜晚
你和蛋壳里的小恐龙悄悄地诀别
独自勇敢地面对灾难和死亡降临
把恐龙的未来寄托于草原的温暖

可你不知道草原也历经生死考验
也经历了风霜雨雪以及艰辛苦难
但是无论斗转星移还是沧海桑田
草原依然把你的寄托铭刻在心间

那一天草原告诉自己的子孙儿男
一定要把恐龙蛋的遗传密码破解
让她能够去成功克隆鲜活的生命
让鄂托克龙重新拥抱草原的春天

高原与勘探

在鄂尔多斯钻井勘探
层层提取高原的芯岩
探索宝藏收获从前
一层又一层
是春风和温暖
曾经吹绿草原
一层又一层
是阳光和雨露
曾经装扮夏天
一层又一层
是金黄和果实
曾经挂满山峦
一层又一层
是冰霜和飞雪
曾经覆盖世界
一层又一层
是樱花和丁香
曾经盛开原野
一层又一层
是神话和图腾
曾经刻满群山
一层又一层
是大漠和戈壁
曾经风起孤烟

一层又一层

是长河和落日

曾经印象田园

一层又一层

是长调和曼舞

曾经讴歌悲欢

一层又一层

是天骄和弯弓

曾经书写史篇

一层又一层

是雄壮和辽阔

曾经血脉连绵

一层又一层

是阴柔和美丽

曾经情思缱绻

如今都已沉为你的内芯

化作你内心深深的积淀

告诉我们什么叫高原

方言

方言是一匹老马
无论它有多么消瘦
都会顶着古道西风
带你识别故乡的归途

方言是一首长调
不管它有多么孤独
都会伴随知音古乐
帮你唱出失落的乡愁

方言是一瓶老酒
无论它有多少五谷
都会酝酿金戈铁马
让你重回沙场的春秋

方言是一部《诗经》
无论它有多少辞赋
都会用心比拟起兴
助你重逢昔日的李杜

阿尔寨石窟

成吉思汗已经随风远去

却留下了饮马疗伤的石窟

像他的名字一样那么神秘而沧桑

他走时忘了告诉后人

为什么在阿尔寨开凿百眼石窟

一眼石窟像一只眼

百眼石窟是百只眼

一眼石窟就可以疗伤

百眼石窟却可收藏草原的风光

一双眼无法阅尽草原的美丽

百只眼却能看遍千年的苍茫

站在阿尔寨的脚下

望着石窟我想问一问

这究竟是大汗留下的疗伤圣殿

还是不舍草原没有瞑目的慧眼

不管是圣殿

还是慧眼

都让我在草原上流连徜徉

都让我在石窟前追思畅想

成吉思汗的百眼井

天空中有一百零八颗星辰
每颗都是成吉思汗麾下征战的英雄
曾经飞落草原弯弓射雕饮马掘井
如今都已回到那遥远无际的星空

草原上留下一百零八口井
每一口井至今都喷涌着吉祥和深情
祈福草原的美丽浇灌着芳草如茵
哺育牛羊成群子子孙孙无穷无尽

八瓣梅，格桑花

我说她是八瓣梅
你说她是格桑花
无论她的名字叫什么
美丽草原就是她的家

一簇花蕊迎朝阳
一朵花蕾沐晚霞
雨露滋润了她的青叶
阳光哺育了她的嫩芽

花骨遗传了阿爸
花色传承了阿妈
牛羊一样热情奔放
骏马一般英姿潇洒

芳华送走了秋冬
芳香点缀了春夏
一季容颜经历了日月
一季灵魂飘荡在天涯

梦与圆

自从与草原依依惜别
每晚都会做一个梦
一梦就是几十个春天
同一个情节
同一个画面
场景都是春光明媚的美丽草原
每当梦醒时分
泪水挂满眼角
依稀记得故乡的温暖

无论距离草原有多远
行走都像画一个圆
一画就是几十个新年
同一个圆心
同一个半径
周长都是三百六十五天的思念
远望茫茫前路
思念没有尽头
故乡仿佛牵挂的圆心

草原的收获

草原深处静静地流淌着一条小河
每当春暖花开大雁飞落河畔来唱歌
那个时节我都要去看看美丽的草原
坐一坐装满了故乡记忆的勒勒车
路边的芊萌花绽放着岁月的蹉跎
赶车的牛倌讲述着随风飘远的传说
离别时我没有带走草原的蓝天白云
只是一步三回头止不住泪眼婆娑
伸向远方的路途遇到朋友询问我
两手空空没看见有一点一滴的收获
我回答说我眼里收藏了草原的辽阔
心底已带走了草原的嘱托和绿色

烈酒与乡愁

担心沉醉在异乡
忘记了回家的路
我戒掉了烈酒
却始终戒不掉无穷无尽的乡愁

心头积郁着乡愁
仿佛酝酿着烈酒
奔流在血脉中
让我孤独地醉倒在异乡的街头

三小天鹅致母亲

襁褓中

您哺育了我

用圣洁崇高的母爱

在湖中

您教我游泳

那个季节春暖花开

上蓝天

您陪我展翅

去看那世界的多彩

长大了

回报母亲啊

用一个蓝蓝的大海

月光

在草原一个深秋的晚上
阿妈把天上的明月擦亮
挥袖拂去了漆黑的夜色
毡房里洒满皎洁的月光
月光下阿妈整理着悲伤
黎明孩儿就要奔赴远方
泪水啊虽然还含在眼里
心儿已装进沉重的行囊

太阳和月亮

生命无常

逝去了

便像太阳掉进黑夜里

一片寂静

听不见

看不到

一丁点声光

愿夜空中升起月亮

让安息的灵魂

与她相望

静静地

数着星星

不会孤独

没有忧伤

清明节致母亲

借我一缕清明的春光
让我构筑一个美丽梦想
在思念的长夜中
触摸你的慈祥

借我一缕清明的春光
让我编织一袭羽衣霓裳
在料峭的春寒中
温馨你的天堂

借我一缕清明的春光
让我培育一簇花草芬芳
在萧瑟的春风里
吹拂你的心房

借我一缕清明的春光
让我燃起一炷灯火心香
在孤独的春宵里
抚慰你的凄凉

借我一缕清明的春光
让我舞动一曲流年云殇
在纷飞的春雨中
消解你的忧伤

借我一缕清明的春光

让我谱写一曲七彩乐章

在唱响的春晖中

闪烁你的光芒

借我一缕清明的春光

让我雕塑一双金色翅膀

在广阔的天空中

永随你的飞翔

借我一缕清明的春光

让我彩绘一季灿烂辉煌

在春望的愿景中

涅槃你的理想

又一个清明时节

又一个清明时节
担心你啊担心你
担心你会孤独伤感
红嘴鸥迟迟没有作别
还徘徊在你留恋的乌海湖畔

又一个清明时节
担心你啊担心你
担心你会操心祈愿
及时雨早早送来祥云
还萦绕在你安息的甘德尔山

又一个清明时节
担心你啊担心你
担心你会寂寞无眠
春之风夜夜都在吟唱
唱绿了大漠让芬芳与你相伴

又一个清明时节
担心你啊担心你
担心你会牵挂惦念
红桃花朵朵都已盛开
挂满了枝头装点着你的家园

又一个清明时节

担心你啊担心你

担心你会郁郁寡欢

马头琴声声都很悠扬

拉响了长调飘荡在你的蓝天

又一个清明时节

担心你啊担心你

担心你会眺望草原

长明灯盏盏都已点亮

蒙古包也升起你熟悉的炊烟

又一个清明时节

担心你啊担心你

担心你会清苦饥寒

马奶酒碗碗都已温热

举过了天堂祭洒在你的坟前

又一个清明时节

担心你啊担心你

担心你会思念儿男

磕长头步步都很沉重

匍匐千里万里都要把你祭奠

寒衣节致母亲

我愿飞上长空
摘下一团彩云
为你编织美丽的衣衫

我愿跨越秋冬
借来一缕春风
为你吹拂无边的温暖

我愿下潜深海
探取一方水晶
为你营造遮风的房间

我愿攀登珠峰
捧起一朵雪莲
为你撑起挡雨的花伞

我愿根植原野
化身一片森林
为你抵御暗夜的风寒

我愿抛洒热血

化作一滴雨露

为你润泽芬芳的草原

我愿牵来日月

融化一夜寒霜

为你绽放温馨的笑脸

我愿祈祷天堂

永葆一个春天

愿你安然无忧地长眠

饺子里的铜钱

从前
每年三十的夜晚
母亲总是掏出那枚古老的铜钱
包在团圆的饺子中
无论谁吃到都欣喜开颜
我们知道那是幸运吉祥的彩头
也是母亲心底祈祷的平安

如今
母亲已随风飘远
只把这枚铜钱留在了我的身边
三十的饺子已煮熟
铜钱还放在饺子馅里面
饭桌上却多了一双筷子和空碗
没有谁愿再吃出那枚铜钱

忧伤

我曾向往

把忧伤种在四月

就结出了桃花

把忧伤种在笔端

就结出了诗行

把忧伤种在清明

就结出了祭奠

把忧伤种在心底

就结出了天堂

我还梦想

把忧伤种在风中

在思念里飘荡

把忧伤种在雨中

在泪水中流淌

把忧伤种在《诗经》

在竹简上徘徊

把忧伤种在长城

在烽烟中歌唱

母亲点亮了正月十五的灯笼

正月十五的夜空
悬挂着无数个灯笼
每个灯笼都是一颗闪亮的星星
照亮了游子回家的路
温暖了所有团圆的家庭

故去的母亲依然有着很好的记性
每年正月的这个夜晚依然很辛苦
在天堂都要燃烧自己的爱心
去把夜空里的这些灯笼点亮
点亮了天上所有的星星

甘德尔山,太阳神的摇篮

甘德尔山
它是图腾的圣殿
也是太阳的母亲
还是太阳神成长的摇篮

一幅古老的岩画
刻在甘德尔山的背上
画面很温暖很灿烂
是太阳神的一张笑脸

甘德尔山啊
背负着太阳神
像背负着自己的孩子
背负了几千年

山脚下
怀念母亲
我便仰望太阳
也仰望甘德尔山

阿爸的茶砖

远离家乡的一行大雁
回到春暖花开的草原
不曾忘记阿爸的叮咛
捎来古树普洱的茶砖

洁白的毡房升起炊烟
阿妈熬煮的奶茶浓酽
一碗敬给了远方来客
一碗敬给了天地祖先

我喝着奶茶长成少年
身心洋溢奶茶的温暖
阿爸说草原懂得感恩
牛羊饮水忘不了思源

等到冷风又起的秋天
大雁与草原又要告别
记得带上阿爸的哈达
向茶树献以吉祥祝愿

秋叶的思念

一棵古树在秋风中轻轻地摇曳
树根下堆积着许多风吹的落叶
弯下腰拾起来一枚仔细地辨识
面孔和纹理都来自明媚的春天
一条条纹理深沉是阳光的渲染
一张张面孔沧桑是雨露的积淀
条条张张都铭刻着美丽的理想
仿佛深深地思念着远去的岁月

一棵大树在秋雨中瑟瑟地摇曳
树根旁匍匐着许多雨打的枝叶
俯下身捧起来一枚拂去了泥水
憔悴和疲惫遮蔽了青春的容颜
一丝丝肤色金黄是晨曦的亲缘
一缕缕鬓发银白是晚霞的遗产
丝丝缕缕都铭记着日月的辉煌
仿佛久久地眷恋着逝去的时间

农村与泥土

在农村里
最富足的
最令人骄傲的
是拥有泥土
泥土里都是化学元素
田野一望无际
目光所及的一切
泥土无处不在
活着的或者死去的
都是熟悉的化学元素
几乎把化学周期表填满
田地里生长着一垄垄植物
果实都是碳水化合物
脚下的土地已经盐碱化
富含氯化钠和氢氧化钠
抛撒的化肥有氮磷钾
田埂旁柳荫下
安息着爷爷和爷爷的爷爷
数座低矮的坟茔
所有覆盖的黄土颜色金黄
都闪耀着二氧化硅的光芒

围绕坟茔祭奠一圈
在田野上无论走到哪里

弯腰捧起一把黄土
也都携带着化学元素的气息和味道
我分不清哪些是英雄豪杰遗留的
哪些是我的先辈祖先遗落的
我只知道
这些泥土里的化学元素
一直陪伴着子孙成长
像那些喜鹊或者麻雀
一直伴随人类生生不息
我也知道
祖先遗留下的这些化学元素是如此珍贵
是这片辽阔土地肥沃的前提
和子孙后代富足的基础

远去的故乡

故乡坐落在美丽的地方
孕育了多少美好的时光
雨露那么清新
天空那么晴朗

河水远离了故乡
回家就成了梦想
已经远去的永远回不去了
只能在梦中走在回家的路上

日月还是原来的日月
故乡已不是童年的故乡
苍穹依旧在
记忆的故乡恍惚了模样

长空万里雁阵几行
已听不到耳熟能详的歌唱
草丛中那个安详打坐的白头翁
曾经也是草原上最美丽的姑娘

过年的味道

过年有一种过年的味道

过年的味道总是忘不了

无论我曾经年纪有多么幼小

总忘不了身穿新衣服满心是甜蜜的味道

无论我现在两鬓有多么斑白

甜蜜的味道始终还在我心头久久地萦绕

过年的味道

是把春天融入笔墨写进对联贴在门上

是家家户户除旧迎新要把旧符换新桃

过年的味道

是你热情地帮我把房顶的沉霜清理

我也帮你把门前的积雪早早地清扫

过年的味道

是千里万里都要回家的辛苦跋涉

是日思夜想提前网购的返乡车票

过年的味道

是春夏秋冬打工的汗水扮靓了城市的妆容

浸透了揣在怀里年三十带回家的崭新钞票

过年的味道

是在乡间留守的幼女惊讶地瞪大了双眼

欢天喜地地接过了父亲带回家的新书包

过年的味道

是风霜雨雪中分别整一年后的团圆

与留守在家的爱妻深情地相拥相抱

过年的味道
是把腊八蒜浸泡得那么香辣浓郁芬芳热烈
鲜美的味道在年三十的饺子碗里洋溢飘袅
过年的味道
是年三十的夜晚天上人间彻夜炸响喜庆的鞭炮
初一一大早孩子们排着队给父老长辈拜年问好
过年的味道
是邻家阿妈送来了属相的蒸馍
母亲又回赠蒸熟的丰收的年糕
过年的味道
是苍老的爷爷和奶奶关心嘱咐的唠叨
大年三十的晚上又终于可以让你听到
过年的味道
是草原上又诞生了一群美丽雪白的小羊羔
灿烂的太阳是那么的鲜红好像贺礼的红包
过年的味道
是大街小巷张灯结彩悬挂着幸福和希望
是欢庆团圆的锣鼓又敲响在十五的敖包
过年的味道
是你和我把过去一年的收获细细地盘点
是我和你把明年的理想规划得更好更高

中秋之夜的月光

中秋之夜

月光如雪

纷纷扬扬地飞落在

老父亲的寿眉上

雪白如银

中秋之夜

月光似水

丝丝缕缕地洒落在

外孙女的笑脸上

柔美如花

同一夜的月光

不一样的影像

落在老父亲的眉上

描摹出岁月的颜色

彰显出人生的沧桑

洒在外孙女的脸上

洋溢着童年的浪漫

昭示着生命的绽放

当他们邂逅

当他们相望

相融在中秋的晚上

交织在中秋的月下
相映生辉
彼此欣赏
成就了团圆
酝酿了吉祥
成为一种别样的美丽月光
比中秋夜月光更美的月光

有一种生命，叫磷火

苍穹和夜色笼罩着草原上的一条小路
小路弯弯曲曲地伸向草原遥远的深处
小路两旁依偎着密密丛丛的芬芳花草
点点的磷火在嫩绿的草尖上轻轻闪烁

在小路上慢慢滚动的是勒勒车的辘辘
车上的阿爸把沿途的故事给孩子讲述
棵棵花草曾经是射雕英雄穿戴的衣冠
绿色芬芳浸染了祖先驰骋疆场的甲胄

远方挺立的山冈曾是他们高昂的头颅
澎湃的血脉已化作草原上流淌的河流
祖先们的天马和弓箭都已隐入了烟尘
他们的灵与肉也早已化作了化学元素

孩子说能否让祖先们重生去请安问候
父亲说祖先们始终在与子孙相依相守
他们的灵魂就是路边草尖跳动的磷火
把子孙逐水草而居的征程照亮和护佑

母亲与我

母亲是港湾
我是船
我的头颅是锚
码头是母亲的臂弯

母亲是草原
我是马兰
我的生命如花
绽放在母亲的心间

母亲是风筝线
我是风筝飘荡在天边
我的理想是远方
风止时母亲依然把我挂牵

母亲是神圣美丽的雪山
我是冰清玉洁的雪莲
母亲抗击着寒冷和冰霜
我继承了母亲的坚毅和勇敢

母亲是流淌的河川

我是绽放的浪花

我的笑容永远不会消失

母亲的血脉是我欢乐的源泉

母亲是太阳光辉灿烂

我是月亮吉祥平安

母亲的爱是向心力

我的轨迹是围绕爱的同心圆

思念

思念春天
春天还会回到身边
思念海鸥
海鸥还会归来翩跹
思念温暖
温暖还会融入心田
思念绿色
绿色还会遍布草原

思念童年
童年已成银发鹤颜
思念初恋
初恋已经移情别恋
思念母亲
母亲已去天堂乐园
思念故乡
故乡已换天地人间

有的思念不是梦幻
终成现实遂了心愿
有的思念编织梦幻
天人相隔成为永远

马头琴

草原的风在故乡吹过了多少年
马头琴在天堂就拉响过多少遍
我从来没有见过我爷爷的先祖
马头琴声亲吻过我先祖的祖先

马头琴弦牵挂草原远去的岁月
马头琴声诉说祖先曾经的悲欢
英雄的历史雕塑成马头的形象
天马的嘶鸣回响在草原的蓝天

马头琴声哺育了我快乐的童年
马头琴音描绘了我理想的璀璨
悠扬的琴声鼓励我走向了远方
草原的温暖总是会萦绕在耳畔

远行跋涉身心疲惫会裹足不前
马头琴总是我吸吮力量的源泉
每当我停下了探索远方的脚步
琴声总像美丽的希望把我召唤

父亲的背脊

父亲老了
已经走不动路了
曾经挺拔的腰杆也伸不直了
背脊弯曲着
看上去像背负着一座小山
这一天,父亲说
带我去看看山吧
好久没有去看山了
甘德尔山腰上
安息着我的母亲
我不知道
父亲是想去看山
还是想去看看母亲
父亲安坐在轮椅中
我把父亲推到甘德尔山脚下
父亲仰望着甘德尔山
眼眶湿润了
我望着父亲的背脊
眼眶也湿润了

杜梨之根

甘德尔山的轮廓在泪光中忽隐忽现

像极了父亲的背脊

这一刻，我若有所思

甘德尔山，还有天下所有的山

都像父亲的背脊

父亲的背脊就是一座山

山是母亲和我曾经的依靠

如今母亲在山中安息着

归来

你没有归来

在奈何桥对岸徘徊

只有清明节归来了

带着你昨天远行的无奈

带着你对亲人的牵挂和不舍

带着你天人永隔的悲哀

你没有归来

在天堂的渡口徘徊

只有清明节归来了

带着你对人间的留恋

带着你对子孙的祈愿和祝福

带着你对香火绵延的期待

你没有归来

已化作参天的松柏

只有清明节归来了

带着你荫庇子孙的慈怀

带着你对土地的缅怀和眷念

带着你长青的千秋万代

你没有归来

已化作诗歌的节拍

只有清明节归来了

带着你高山流水的琴台

带着你对生命的珍惜和礼赞

带着你的吟唱胜过天籁

杜梨之叶

乌海神话·我的家

生在桌子山下
从小就刻岩画
太阳神眷恋的地方
自古就是我温暖的家

二叠纪的三叶虫
与我两小无猜
白垩纪的绝代恐龙
是我曾经的青梅竹马

屋后的高原伟岸雄奇
簇立着坚韧的四合木
门前的草原辽阔温柔
点缀着烂漫的樱桃花

天上飞来的是黄河
滋润哺育神州华夏
地下蕴藏的有乌金
热情催我秋实春华

龙游湿地栖候鸟
乌兰布和遏飞沙
山中跃五虎
林隐葡萄架

八百年前一个美丽的春天
一代天骄驾驭九十九匹白骏
手捧甘醇的马奶把上苍祭洒
吉祥和祝福吹绿了家园
高高的山冈
至今披满了圣洁的哈达

长城烽火硝烟尽
往来商旅吹角连营
开拓创业扬鞭策马
你添秦砖她献汉瓦

一桥连通日和月
满城昼夜尽辉煌
再把天街亦点亮
天上人间如诗如画

千年的胡杨轻舒锋毫
乌海湖中饱蘸了浓墨
甘德尔山上洋洋洒洒
写满了不朽的和谐书法

镌刻的岩画依旧是岩画
温暖的家更加温暖
只有先辈的背影远去了
远去的还有

我的两小无猜

我的青梅竹马

留下的是

对我的期待

对我的牵挂

先辈啊先辈，我的先辈

来自远古

来自海角

来自天涯

你无私地赋予我宽广的胸襟

我注定用她来拥抱世界

奉献奇葩

乌海啊乌海，我的家

充满温暖

充满传奇

充满生机

你神话般地创造了我拥有的一切

我注定用她来追求梦想

续写神话

乌海神话·家乡的树

胡杨

当千年的胡杨坚守成金黄
从此不再孤独
你听，你听
漫漫的黄河古道
响起悠悠的驼铃声

硅化木

当墨玉般的结晶迸放出热情
生命不再是神话
你看，你看
幽幽的硅化木
又成长为绿绿的森林

四合木

当大熊猫邂逅四合木
从此不再寂寞
你听，你听
猎猎的大漠西风
飘扬着亘古的乡音

沙枣树

当美丽的家园开满了鲜花
担当就成为使命
你看,你看
顽强的沙枣树
风暴中挺立沙场点兵

沙冬青

当荒原遇到沙冬青
从此把顽强见证
你听,你听
远古的遗存郁郁葱葱
阳光下吟诵时代的强音

垂柳

当岸边的湖水充满了春意
你低垂的枝叶颜色青青
你看,你看
奉献青春的垂柳啊
你的生命像春天一样永远年轻

葡萄树

当热恋的雨露在初春飘洒
爱情的收获是深秋的风景
仰望你,如同仰望星空
枝繁叶茂的葡萄树啊
你牵挂的孩子多如天上的繁星

乌海神话·家乡的丁香花

丁香花　丁香花
你含笑而来　含笑而来
轻轻地　轻轻地
挥洒最浪漫的色彩
把美丽赠予春天
让高原充满期待

丁香花　丁香花
你含笑而来　含笑而来
深深地　深深地
感动最浓厚的云彩
把甘霖洒落四季
让大漠拥抱真爱

丁香花　丁香花
你含笑而来　含笑而来
幽幽地　幽幽地
绽放最婀娜的风采
把深情根植山野
让爱情不再徘徊

丁香花　丁香花
你含笑而来　含笑而来
默默地　默默地
研磨最绚烂的墨彩
把芬芳写满大地
让幸福荡漾湖海

女娲的三块遗石

一条长河从天上飞来

一位女神顺流而下

她有一个传奇的名字叫女娲

那一天月黑风高浪大

女娲上岸四处寻觅

找到了流浪的阿爸和阿妈

小心地捧出三块奇石

一块名字叫海勃湾

还有两块名叫海南和乌达

女娲轻轻说了一句话

这是补天的五色石

你们就用它在岸边垒个家

后来就有了我的牵挂

牵挂着家园的美丽

美丽得像刻在石头上的画

四合木与格桑花

独立高原
因为有爱
就有千年的等待

那一个春天
四合木遇到格桑花
开满了天涯
是最美丽的幸福

亲爱的人
等待你啊
如同等待格桑花
烂漫地盛开

我愿是那棵四合木
矗立在家园
把你幸福地守护

花·树

美丽的丁香花开满乌海湖
湖畔挺立着坚强的沙枣树
香驱大漠孤烟
林隐雄峰无数
谁能说我一无所有
我拥有人间最宝贵的财富

不要问我来自何方
我依恋生命最深情的归处
日月常在
春秋几度
无论风吹雨打
花树永生常驻

凤凰河

凤凰河啊凤凰河
你从我门前轻轻走过
从晨曦到日暮
不见凤凰飞舞
只有静静的河水婀娜
沉醉在春风里
荡起涟漪碧波

碧波郑重地告诉我
青春的浪花一朵朵
流淌着一个美丽的传说
凤凰就是你与我的承诺
厮守终生的邻居啊
你守护着我生命的温床
我在你心灵的梧桐栖落

杜梨之叶

甘德尔山与乌海湖

静静的乌海湖

汇聚了我滚烫的泪珠

高高的甘德尔山

堆积着我无尽的乡愁

蓝天和白云

是我儿时默诵的诗书

草原与牛羊

是我青春放歌的伴舞

读破万卷书

最难忘对故乡的描述

一卷又一卷

掩卷哽咽掩面泪流

行走千里路

最伤心离家的头几步

泪别湖与山

步步挥手步步都回首

愿做一片蓝天一朵云霞

把甘德尔山拥抱守护

愿做一片草原一群牛羊

陪伴乌海湖万古悠悠

乌海湖的多宝粥

我的家坐落在大漠深处
祖祖辈辈虽说并不富有
留下一湾深深的乌海湖

放入些书法葡萄和五谷
春风徐徐吹来阳光充足
熬成一湖丰盛的多宝粥

养育子孙胜过珍馔佳肴
兄弟茁壮像湖畔的羊牛
姐妹美丽似岸边的杨柳

无论离家有多远有多久
多宝粥常常回味在心头
伴我走过冬夏走过春秋

从甘德尔山到乌海湖的距离

不知是不是丈量过
山与湖之间的距离
有人说很近
有人说很遥远

如果说很遥远
确实远在天边

过去
从甘德尔山到乌海湖
只隔着一条河
先辈们伫立在山顶
久久地眺望
只见一条长河蜿蜒
终于望见了湖水
却花了一千年的时间

如果说很近
确实近在眼前

如今
我从山脚走到对岸
只用了十分钟的时间
这要感谢我的前辈们

是他们挥洒辛勤的汗水
在大漠里蓄成一泓湖泊
是他们撑起累弯的脊梁
在长河两岸拱起一座桥
让千年的时间变成瞬间

乌海湖，我的伙伴

身披鄂尔多斯绿色的草原

枕卧着甘德尔连绵的高山

一双日月为我梳妆擦亮明镜

一条长河伴我生息流淌身边

不用说我有多么幸福

不用说我有多么浪漫

樱桃花是我多彩的思念

乌海湖是我多情的伙伴

为她唱支歌吧

作曲是南飞的大雁

为她写首诗吧

作词是大漠的孤烟

愿草原长调唱起我爱的悠长

愿马头琴弦拉出我情的缠绵

乌海湖水荡漾在我心底

无论我走过千山万水走到哪里
乌海湖水始终荡漾在我的心底
无论人间有多少句滚烫的情话
都比不上我热爱乌海湖的诗句

我爱这湖里漂泊的每一滴水滴
我爱这湖畔依偎的每一颗沙粒
我爱这湖中绽放的每一朵莲花
我爱这湖面荡漾的每一丝涟漪

每滴水滴都是父辈流淌的汗水
每颗沙粒都是兄弟锻炼的奇迹
每朵莲花都是姐妹吐露的芬芳
每丝涟漪都是故乡激荡的美丽

我愿化作水滴壮阔湖水的天际
我愿化作沙粒强固湖岸的坝堤
我愿化作莲花释放天地的吉祥
我愿化作涟漪激荡日月的如意

杜梨之叶

梦回乌海

梦中总想登一登甘德尔
那是乌海距离蓝天最近的山冈
伸出双手能够挽住白云
敞开胸怀能够拥抱温暖的太阳

梦中总想游一游乌海湖
那是游子融化乡愁最美的地方
海鸥飞舞能够鸣啼乡音
湖水荡漾能够洗涤远足的忧伤

梦中总想看一看四合木
那是祖先最早种植的希望
朴实无华能够扎根原野
生命顽强能够抗击无情的风霜

梦中总想尝一尝葡萄酒
那是母亲最爱酝酿的理想
回味绵长能够滋养儿孙
浓郁芬芳能够护佑故土的安康

走近四季的湖畔

走近初春的湖畔
拥抱一簇怒放的马莲
吮吮清幽的芬芳
仿佛重温母亲的温暖

走近盛夏的湖畔
落下一树柳荫的窗帘
听听蝉儿的歌唱
仿佛重归世外的桃源

走近深秋的湖畔
拾起一枚破败的落叶
辨辨残存的纹理
仿佛重逢遗失的春天

走近寒冬的湖畔
冰封一个美丽的湖面
试试自由地滑行
仿佛重回浪漫的童年

乌海人·太阳神

我是乌海人

书法大写的人

甘德尔挺立着我的雄姿

乌海湖荡漾着我的柔情

我是太阳神

乌金刻烫的神

黄河水哺育了我的身躯

四合木荫庇着我的青春

我是乌海人

也是太阳神

我是送给你心中的温暖

也是轻拂你脸颊的春风

我是太阳神

也是乌海人

我是远古走近你的神话

也是今朝陶醉你的《诗经》

风景与图腾

桌子山的岩画中
无论古老的太阳神
还是草原的牛羊
都刻画得栩栩如生

南来北往的风
归去来兮的云
走过千年万载
都走进了永恒

身边活着的
都是风景
身外远去的
成了图腾

山峰依然挺拔
岩画依然隽永
我在山顶仰望苍穹
我在画中倾听风声

驼队

手把手牵

走向天边

茫茫沙海

苦旅难眠

那一夜

沉醉在

乌兰布和的夜晚

梦见了

辽阔无垠的草原

星斗长满天空

似花草一样娇艳

月光洒落大漠

像湖泊一般浪漫

驼队长夜安息

如待起锚的航船

黎明前

一阵风声过

几声驼铃响

又会扬起远行的风帆

送你到达希望的彼岸

立冬遐想

国之槐
垂之柳
还有依依胡杨
刚刚作别了绿色
枝头挂满了金黄

怎奈何
一夜寒霜
满地把萧瑟收藏

乌海湖
甘德尔
还有乌兰布和
又迎来冬日暖阳
沐浴美丽的时光

庆有幸
冰封时节
何必把春天歌唱

从此做一个幸福的人

从此做一个幸福的人

左拥乌海湖水

右抱甘德尔山

沐浴一条长河

迎着太阳奔流向前

从此做一个幸福的人

左挽乌兰布和

右牵美丽草原

筑垒一座新城

面向未来装点春天

从此做一个幸福的人

左雕桌子岩画

右刻秦汉峰峦

铺开一幅长卷

书写神话彩绘祖先

从此做一个幸福的人

左亲长河落日

右吻塞外孤烟

写就一首长诗

抒发苍凉讴歌浪漫

从此做一个幸福的人
　　　左架飞虹长桥
　　　右造大道高铁
　　　填写一篇新词
　　点缀故乡吟诵人间

从此做一个幸福的人
　　　左植四合古木
　　　右耕葡萄新田
　　　收获一秋硕果
　　风调雨顺天遂人愿

从此做一个幸福的人
　　　左逢五湖四海
　　　右源地北天南
　　　滋润一方乐土
　　生生相依世世相恋

飞雪与火炉

寒冬飘落的是飞雪
还是皑皑的忧愁
你看甘德尔山
一夜白了头

山脚蜷缩着四合木
那么凄冷而孤独
始终期待春天
温暖的火炉

西行客栈

西行客栈
多少古往今来的客人
沿着驼盐古道远去
或顺丝绸之路慢慢西行
日月更替
时间竟然也会苍老
那样无奈和斑驳
印在客栈的墙壁上
我也来到客栈
只听到往事的风声
没有见到骆驼
也未听到
驼铃的悦耳响声
只有一行诗人驻足
洗刷了自己的思想
在沙漠中写下几行词句
祈祷日月和原野
重演历史的光影

相机的一天

每天太阳醒来驱散霾雾
都要与乌海的早晨握手
让阳光洒落甘德尔山冈
把温暖送给故乡的河流

每天相机醒来露出镜头
都要把乌海的一天记录
摄取着天地的雨露精华
眷恋着人间的一草一木

今早太阳醒来已是金秋
感慨的话语向乌海倾诉
处处莺歌燕舞姹紫嫣红
不见往日的陈旧与凄苦

今早相机醒来依然忙碌
乌海一天有更多的温柔
镜头定格下瞬间的美丽
心间铭刻着不尽的乡愁

乌海的葡萄与园丁

乌海的葡萄熟了
葡萄园里一片丰收的景象
只是不见老园丁的身影
园子旁一棵老榆树上的喜鹊说
老园丁累了走了
已化为葡萄树下的泥土
一阵雨后的秋风吹来
摇曳着葡萄藤垂挂的颗颗葡萄
仿佛葡萄树的滴滴眼泪
我摘下来一颗葡萄品尝着
鲜香甘甜令人心醉的味道
似乎还带着老园丁熟悉的气息

葡萄熟了

冷酷的冬天终将冰消雪融
热情的春夏悄悄地又回到了故乡
葡萄藤弯曲着身躯爬出田野爬上藤架
葡萄藤的枝叶贪婪地拥抱着阳光
使劲吸吮着久违的甘霖雨露
颗颗幼小的葡萄像天真的孩子
沐浴着天地日月的温暖快乐地成长

春天的风吹着吹着就凉快了
夏天的雨下着下着就沧桑了
不经意间萧瑟的秋天就来了
葡萄藤挂满的葡萄也成熟了
一阵阵的秋风猛烈地摇动着葡萄藤
串串熟透的葡萄垂落在葡萄树下
像孩子们告别了母亲去走自己脚下的路

葡萄酒的颜色和味道

相约回到家乡像葡萄欢聚在葡萄树下
团圆的兄弟姐妹心情好极了
像陈酿的葡萄酒格外浓郁芬芳
大家随手打开家园尘封已久的酒窖
拿出一瓶父母生前酿造的葡萄酒品尝
哥哥和姐姐说
有一丝葡萄藤深埋在冬天泥土里的味道
弟弟和妹妹说
有一种夏日里晴空万里阳光灿烂的口感
大家异口同声地说
酒的颜色有点像修剪藤蔓时的父亲
那双大手上生长着厚重老茧的沧桑
酒的滋味有点像采摘葡萄时的母亲
那双眼睛里流淌着喜悦泪水的甜蜜
那一天大家毫无例外地都喝醉了
酒醒后眼里和心里都很沉重
都装着沉甸甸的葡萄酒的颜色和味道
相互挥手道别恋恋不舍地走向远方

葡萄与风铃

你说你是一串葡萄
挂在树的枝头
一夜秋霜扑落
告诉我心醉的成熟

我说你是一串风铃
悬在我的心头
一晚秋风袭来
摇响我心碎的乡愁

乌海的葡萄熟了
响起丰收的铃声
有心去把它采摘
又恐失去美丽的乡音

乌海湖的红嘴鸥

你从哪儿来
要往哪儿去
你是谁
为什么那么挑剔

长河上下几万里
为什么你最喜欢我的湖水
只有我风光旖旎
才能够见到你

这个时节
我的天蓝了
你舞起双翼
鼓动和风细雨

我的山青了
你身披素衣
装点故里
飞入寻常人家的影集

我的水绿了
你噘起红唇
亲吻碧波涟漪
给湖水留下美好记忆

不知你从哪儿来

不知你往哪儿去

也不知道你是谁

只知道你热爱我的美丽

红嘴鸥与红玫瑰

大家都说
小白鸽衔着橄榄枝象征和平
而我会说
红嘴鸥衔着红玫瑰象征爱情

在春暖花开的季节
红嘴鸥飞临乌海湖
就像嘴里衔着一枝红玫瑰的天使
把真挚的爱献给春天里的乌海湖

我曾经以为深深爱着乌海湖
甘甜的湖水像母亲养育了我
但是无论什么季节无论什么时候
却从来不懂得给她送过一枝玫瑰

红嘴鸥则会千里迢迢衔着玫瑰
每年的春天都会来拥抱乌海湖
一直到今天我似乎才终于明白
她热爱乌海湖要比我更加热烈

杜梨之叶

飞走吧，红嘴鸥

立冬前迎来了萧瑟凄冷的晚秋
红嘴鸥依然在乌海湖上徜徉
湖面上的秋风已悄悄地西去
你们依然在晚秋的乌海湖翩翩起舞
有多少秋叶染霜也已随风飘零
只有你们的倩影萦绕在我的心头
有多少往事沧桑也如夕阳西下
只有你们的鸣啼才抚慰了我的忧愁
非常感谢你们装点晚秋的风景
而且我也真切地舍不得你们飞走
但是湖水的温度已经很低很凉
你和孩子们都不适应这寒冷的气候
希望明天一早你们就飞向南方吧
我会忍住泪水向你们挥手告别
等到明年冰融雪化春暖花开了
期待你带着孩子们再来乌海湖畅游

秋思三景

钟声

一阵黄昏的钟声
敲落了孤灯的冷影
它静静地趴在地上
比秋天的愁思还长

一阵南飞的雁鸣
惊起了大漠的孤烟
它袅袅地直上西天
比夕阳的离情还浓

霜降

寒霜降晚秋
冷月照新愁
雍雍鸣雁欲南飞
缕缕乡恋绕心头

失魂泣河洲
温酒醉残钩
漫漫长夜候晓天
悠悠碧空竞自由

重阳

放眼望重阳
洒泪祭高堂
几声凄厉雁南飞
古道西风残菊黄

草原凝寒霜
茱萸落秋香
几缕哀思上青天
大漠长河满地伤

我家住在甘德尔山上

我家住在甘德尔山上
蓝天是最辽阔的牧场
身边流淌着一条长河
仿佛牧鞭那么的悠长
拂晓醒来时放牧太阳
夜幕降临后放牧月亮
祖祖辈辈崇尚着美丽
日日夜夜放牧着希望

我家住在甘德尔山上
牧场的四季都很繁忙
收获的太阳温暖如意
收获的月亮皎洁吉祥
清早起床沐浴着阳光
夜晚入梦沐浴着月光
子子孙孙安享着幸福
年年岁岁拥抱着安康

乌海：葡萄篮子，美丽家乡

秋风吹走了春夏

乌海的葡萄熟了

垂挂在弯曲的枝头

摇曳在城市的心底

一串串沉甸甸一颗颗晶莹剔透

都是那么圆润丰满都是那么秀美多姿

轻轻地摘下来亲口尝一尝

万千滋味瞬间便涌遍心头

激活了乌海的记忆

荡漾着四季的乡愁

那果核蕴藏着明媚春天的阳光雨露

那果肉包裹着火热盛夏的万紫千红

那果香弥漫着北纬39度的芬芳气息

那果色渲染着大漠孤烟的旷世苍凉

那果实浸润着父老乡亲的辛劳汗水

那果梗连接着兄弟姐妹的美丽梦想

那盛放葡萄的篮子啊

是我亲爱的乌海

我的美丽家乡

春天的脚步如此温热

春天的脚步如此温热
从冰封的长河逆流走过
长河的心都融化了
一寸一寸地流凌开河

春天的脚步如此温热
从刺骨的寒冬逆向走过
寒冬的心都融化了
一滴一滴地滴成传说

春天的脚步如此温热
从阴沉的愁云轻轻走过
愁云的心都融化了
一朵一朵地飘成雨露

春天的脚步如此温热
从诗人的心头悄悄走过
诗人的心都融化了
一行一行地淌成诗歌

甘德尔山与岩羊的高度

甘德尔山巍然矗立

山峰海拔很高

刺破了高傲的云霄

有一对峰峦跃然其上

比甘德尔山峰还高

那便是岩羊的一双犄角

岩羊如果只为生存

只需穿梭在山岩间吃草

它的犄角会隐没在山腰

岩羊却是有追求的

跃上甘德尔山的峰顶

用一双犄角把蓝天拥抱

乌海湖与红嘴鸥有一个约定

为什么
为什么
年年春天
红嘴鸥总要飞落
乌海湖的翠柳晓岸
送给乌海湖一季春风
那么和煦温暖

为什么
为什么
年年秋天
红嘴鸥也要栖落
乌海湖的葡园水岸
乌海湖赠她一季葡萄
那么丰美甘甜

因为
因为
乌海湖与红嘴鸥有一个约定
年年相会在美丽的季节
无论相互分别了多久
总要飞来青翠的湖岸
在春天里相依相恋
在秋天里悱恻缠绵

杜梨之叶

因为

因为

红嘴鸥与乌海湖有一个约定

冬夏里魂牵梦绕，春秋里相拥相见

你送给我啊，一季春风的温暖

我回赠你啊，一季葡萄的甘甜

我在湖畔等你

我在湖畔等你
等你吹来的风
风中吹来的每一颗沙粒
给我带来我的兄弟
乌兰布和的消息
分手那天我忘记了
赠给他一件风衣

我在湖畔等你
等你飘落的雨
雨中飘落的每一滴雨珠
给我带来我的姐妹
塞外云海的消息
分别那年我忘记了
送给她一件雨衣

我在湖畔等你
等你萌芽的柳
柳枝萌芽的每一点新绿
给我带来我的初恋
早春二月的消息
她出嫁时我在树下
悲伤地徘徊哭泣

我在湖畔等你

等你吟诵的诗

诗中吟诵的每一行诗句

给我带来我的故乡

远方草原的消息

离家时我还是少年

不懂乡愁的诗意

爱在乌海

我爱甘德尔山
　高耸入云端
我爱乌海湖水
　流淌在心田

我爱草原的云
　装点了蓝天
我爱天堂的雨
　滋润了童年

我爱乌海湖湾
　温暖的港湾
我爱凤凰岭山
　栖息的乐园

我爱海南的风
　吹拂着热烈
我爱乌达的雪
　蕴含着纯洁

我爱长河大漠
　千年共婵娟
我爱朝阳夕月
　生死舞翩跹

我爱樱桃花开

杜梨之叶

朵朵的烂漫

我爱葡萄熟了

颗颗的酸甜

我爱驼盐古道

铃声的悠远

我爱长城遗存

飘扬的炊烟

我爱丝绸之路

西行的客栈

我爱归乡之旅

南飞的鸿雁

我爱岩画铭刻

远古的诗篇

我爱挥毫抒写

时代的眷恋

我爱乌金滚滚

炽热的资源

我爱巷道深深

充满了温暖

我爱四合木林

遮蔽了原野

我爱九曲河床

哺育了家园

我爱雄狮之湾

依偎在湖畔

我爱彩虹之桥
　紧连着两岸

我爱五湖四海
　相处的和谐
我爱东西南北
　携手又并肩
我爱烈酒醇厚
　沸腾了血液
我爱奶茶清香
　温润了琴弦

我爱哈达圣洁
　奉献给草原
我爱长调悠扬
　唱诵给亲眷
我爱阿爸阿妈
　付出的血汗
我爱兄弟姐妹
　继承的志愿
我爱英雄辈出
　守望在山巅
我爱故乡父老
　忙碌在人间
我爱眺望远方
　四季的璀璨
我爱倾听未来
　美丽的呼唤

杜梨之叶

乌海湖，红嘴鸥在飞翔

为什么乌海湖在春天里总是没有忧愁
因为在这美丽的季节总会邂逅红嘴鸥
一声声欢乐的鸣啼伴随着春风千回又百转
一段段曼妙的舞姿抚慰了湖水荡漾在心头

为什么乌海湖在春天里总是没有忧愁
因为在这温暖的季节总会拥抱红嘴鸥
一袭袭洁白的羽衣挥去了云朵洁净了蓝天
一抹抹鲜红的红唇亲吻着绿色陶醉了绿柳

为什么乌海湖在春天里总是没有忧愁
因为在这青春的季节总会幸遇红嘴鸥
一丝丝柔软的情愫充盈着生命装点了湖畔
一条条赤热的血脉流淌着诗句吟唱到深秋

为什么乌海湖在春天里总是没有忧愁
因为在这年轻的季节总会幸会红嘴鸥
一个个鲜活的灵感喷涌地迸发描绘着故乡
一首首壮丽的诗篇憧憬着未来胜过了李杜

红嘴鸥、喜鹊与乌海湖

红嘴鸥逐水草而居
择温暖的季节而生
她们像游牧民族
她们的理想是远方
终其一生在不断地迁徙
哪里春江水暖哪里就是家园
她们喜欢吃鱼虾
还有蚊蝇和蝌蚪

喜鹊逐大树而居
择熟悉的土地而生
她们像农耕民族
她们的志向是高远
终其一生在不断地追求
哪里树木高大就在哪里筑巢
她们喜欢吃果实
还有昆虫和蜘蛛

无论红嘴鸥还是喜鹊
她们都喜欢舞蹈和音乐
都喜欢歌唱
都喜欢诗歌
她们都热爱乌海湖
热爱乌海湖畔的热土

热爱在这方热土上生活的乌海人

热爱乌海湖水的温度和树的高度

她们定期邂逅在乌海湖

共同举办歌舞音乐会

一起朗诵原创诗歌

无论初春还是晚秋

杜梨之恋

草原,草原

草原,草原
你是天堂的一根琴弦
拨动弹奏用上苍的指尖

草原,草原
你是天赐的碧绿心愿
播撒种植在高原的心田

草原,草原
你是春风吹来的和声
犹如天籁回响在我耳边

草原,草原
你将绿色洒落在甘泉
生命之源涌流于我心间

草原,草原
你把大海高悬在天空
像海蓝宝石般清澈湛蓝

草原,草原
你把羊群放牧在蓝天
像朵朵彩云般雪白璀璨

草原，草原
我把心花怒放在春涧
你把青翠让我亲吻依恋

草原，草原
我把祈愿长留在天边
你把祝福送我带回家园

草原的生年

仰望着苍穹
我想和日月聊聊天
草原这么辽阔
不知诞生在哪一年
同样的话题
我曾问过父亲无数遍
父亲也问过他的父亲
都说在很久很久以前
那时还没有大海
也没有河流高山
生命开始孕育
一同生长的还有草原
日月却告诉我
草原比生命还要久远
与月亮青梅竹马
与太阳生在同年

走进草原深处

假如你感觉有些孤独
请随我走进草原深处
母亲捧出了醇香的奶茶
父亲斟满了浓烈的奶酒

假如你感觉有些孤独
请随我走进草原深处
马头琴拉响迎宾的长调
百灵鸟表演春天的歌舞

假如你感觉有些孤独
请随我走进草原深处
毡房升起了思乡的炊烟
鸿雁捎来了远方的家书

假如你感觉有些孤独
请随我走进草原深处
佛塔敲响了祈祷的钟声
牛羊献上了善良的祝福

假如你感觉有些孤独
请随我走进草原深处
蒲公英撑起橘黄的花伞
马兰花铺就碧蓝的花路

假如你感觉有些孤独

请随我走进草原深处

蓝天擦亮了辉煌的日月

芳草淹没了时光的脚步

假如你感觉有些孤独

请随我走进草原深处

湖泊点缀着辽阔的高原

雄鹰翱翔在天涯的尽头

假如你感觉有些孤独

请随我走进草原深处

天边飘来了吉祥的白云

春风吹走了心头的忧愁

假如你感觉有些孤独

请随我走进草原深处

河水流淌着英雄的传说

牧野蕴藏着多彩的春秋

草原的博物馆

祈愿美丽的草原
建立一座博物馆
收藏往日的芳草
收藏逝去的童年
收藏百灵的绝唱
收藏南飞的大雁
收藏临水的毡房
收藏离乡的飞燕
收藏骏马的驰骋
收藏雄鹰的盘旋
收藏肥壮的牛羊
收藏纯真的初恋
收藏唱出的长调
收藏拨过的琴弦
收藏奶茶的余香
收藏烈酒的回甘
收藏远去的白云
收藏苍茫的蓝天
收藏蜿蜒的长河
收藏湿润的柳岸
收藏西下的夕阳
收藏大漠的孤烟
收藏森林的坚守
收藏不屈的山峦

收藏春天的情愫
收藏绿色的呼唤
收藏父辈的慈祥
收藏祖先的温暖
收藏创业的汗水
收藏射雕的弓箭
收藏洒落的笔墨
收藏书写的史卷
用手机拍个视频
再建立一个网站
暖暖地揣在怀里
紧紧地握在手中
无论我离开多久
不管我走得多远
都要进去走一走
都能回去看一看

草原的奇石

牛羊漫步在草原
想留下一个纪念
寻获一块奇石
既偶然又幸运
镌刻下自己的名字
希望不朽千载万年

经历岁月的洗礼
牛羊化作了灰烟
石头依然存在
既奇特又精美
矗立在牛羊的墓地
像座墓碑沉默无言

草原的馈赠

你赠我一个温暖的春天
我还你一片绿色的草原

你赠我一骑行空的天马
我还你一对天堂的银鞍

你赠我一片辽阔的高原
我还你一座巍峨的高山

你赠我一片苍茫的原野
我还你一轮皎洁的明月

你赠我一朵盛开的马兰
我还你一对纷飞的彩蝶

你赠我一条蜿蜒的长河
我还你一片远航的风帆

你赠我一团云朵的雪白
我还你一顶苍穹的蔚蓝

你赠我一曲绕指的柔肠
我还你一副刚烈的肝胆

你赠我一滴生命的甘露
我还你一眼希望的涌泉

你赠我一曲美丽的长调
我还你一幅吟诵的长卷

你赠我一顶乡愁的毡房
我还你一缕眷恋的炊烟

你赠我一回梦中的绚烂
我还你一次微信的点赞

你赠我一时短暂的依恋
我还你一生长久的思念

你赠我一副相逢的笑脸
我还你一双离别的泪眼

你赠我一季草原的浪漫
我还你一首抒情的诗篇

你赠我一年变幻的四季
我还你一世情愫的缱绻

草原的乡愁

草原的春天不是乡愁

乡愁是草原之春清晨滴落的露珠

草原的夏天不是乡愁

乡愁是草原之夏午后弥漫的雨雾

草原的秋天不是乡愁

乡愁是草原之秋鸿雁纠结的去留

草原的冬天不是乡愁

乡愁是草原之冬毡房生起的火炉

草原的蓝天不是乡愁

乡愁是蓝天跟随阿爸逐水草而牧

草原的白云不是乡愁

乡愁是白云陪伴阿妈把奶茶熬煮

草原的湖泊不是乡愁

乡愁是湖水清洌酝酿希望的烈酒

草原的绿草不是乡愁

乡愁是绿浪随风荡起丰收的歌舞

草原上的一棵树

手里挥舞着一根柳枝做成的马鞭
曾经骑着马儿放牧在美丽的草原
夕阳西下时赶着欢快的羊群回家
却把马鞭不慎遗失在遥远的天边

时光流逝再回首把往事细细盘点
追寻着记忆慢慢回到儿时的牧园
远远看到遗失的马鞭在风中招手
走到跟前却是一棵大树茂盛参天

举首仰望着大树随风摇曳的枝叶
仿佛又看到了我天真快乐的童年
那飘飘洒洒随着春风轻舞的柳絮
好像从前蓝天下盛开的那副笑脸

枝头上还站立着几只唱歌的喜鹊
一曲曲一声声都是我熟悉的音乐
不过唱和的只有南来北往的风儿
却不见儿时的伙伴那远飞的大雁

草原的编制

草原上的小草既美丽又芬芳

总是在无拘无束地自由生长

有的生长在湖畔

有的生长在山冈

没有什么高低贵贱

不分什么亲疏远近

无法辨得清

无须道得明

哪一株是有编制的

哪一株是没有编制的

哪一株是在编制内的

哪一株是在编制外的

看上去她们的颜色都一样

都是那么青翠碧绿

看上去她们的体格也一样

都是那么健康茁壮

她们的心情都一样

快乐轻松没有后顾之忧

她们的待遇也一样

共同沐浴着温暖的阳光

她们的工作都相同
一同哺育着天下的善良牛羊
她们的贡献也一样
一起装点了草原的绿色苍茫

草原上的诗集

我在春天的草原上
种下很多绿色的诗句
每一句都长成青翠的牧草
无论遇到多大的风雨
都洋溢着芬芬的诗意

秋天里我把牧草收割了
晒干了捆成一捆又一捆
编成一本沧桑的诗集
我把她回赠给辽阔的草原
只把所有的爱深藏在心底

草原的脸庞没有皱纹

岁月的皱纹从没有刻在草原的脸庞
脸庞上从未显露过日月更替的时光
古老的草原永远保持着年轻的轮廓
只在坚强的心头铭刻着岁月的沧桑

草原的脸庞像美丽的花朵迎春怒放
宽厚的心头收纳融化着悲凉的秋霜
牧场里总是会响起悠扬欢快的歌声
蓝天白云不会飘荡一丝一毫的忧伤

草原不同的颜色相同的爱

草原上的芳草是绿色的

草原上绽放的花朵是紫色的

草原的天空是蓝色的

草原上飘荡的云朵是白色的

草原的夜空是黑色的

草原的晨曦是金色的

草原上孩子的皮肤是黄色的

孩子们流淌的血液是红色的

他们都幸福地生活在草原上

但他们的颜色却互不相同

似乎各有分工

相同的只有一点

那就是对草原真诚的爱

爱是不分颜色的

草原来信

一封书信来自草原
春风是书信的语言
辽阔是语言的风格
绿色是断句的标点
阅读她像阅读温暖
语言吹拂一双泪眼
心儿在辽阔中徜徉
标点里充满了思念

一封书信来自草原
蓝天是书信的首页
翻过一篇好似白云
结语都是碧草连天
捧读她像捧读故园
蓝天是远去的童年
白云在脑海中飘荡
吉祥祝福收纳心间

草原畅想

牧人的长调为什么那么悠长
是因为热爱草原热爱得深广
天空的太阳为什么闪耀光芒
是因为热爱草原热爱得疯狂

南飞的鸿雁为什么那么忧伤
是因为离开草原离开了家园
夜空的月亮为什么暗淡无光
是因为远离草原远离了辉煌

草原的琴声为什么那么悠扬
是因为依恋草原依恋着清香
勇敢的父亲为什么剽悍刚强
是因为守护草原守护着牛羊

百灵的歌唱为什么那么嘹亮
是因为赞美草原赞美着希望
慈祥的母亲为什么美丽善良
是因为哺育草原哺育着天堂

草原、故乡与文字、微信

每天深夜都匍匐在信笺上
写下心底流淌出的一些文字
每段文字都是对草原的思念
　写得多了就总有一种幻觉
文字看起来都像绿色的小草
信笺就像那苍茫美丽的草原

每天清晨都使用手机微信
记录一些心里流露出的词句
每行词句都是对故乡的思念
　记录久了就总有一种感觉
词句嗅起来都有泥土的气息
微信仿佛故乡那温馨的土地

草原与疫苗

我想给焦炙的草原打一剂防旱的疫苗
让饥渴难耐的草原依偎在祥云的怀抱
东来的春风带着雨露飘落故乡的牧场
连绵起伏的山冈原野遍布美丽的樱桃

我想给枯黄的草原打一剂抗旱的疫苗
让奄奄一息的草原生长出青翠的绿草
南飞的大雁带着孩子重归久别的故乡
瘦骨嶙峋的驼马牛羊露出久违的欢笑

我想给沧桑的草原打一剂防衰的疫苗
让一望无际的草原洋溢着青春的风潮
洁白的蒙古包飘荡着身姿袅袅的炊烟
心爱的马头琴拉响了永不消逝的长调

我想给古老的草原打一剂抗衰的疫苗
让辽阔广袤的草原舒展着窈窕的身影
湖畔的马兰花像蓝色的天空一样蔚蓝
天边的蒲公英的笑脸永远也不会苍老

思念草原

我思念草原
草原上的花草娇艳
养育了牛羊
也哺育了我
和一个小伙伴的童年
我们两小无猜
我们亲密无间
那一年秋天
阵阵秋风吹来
鲜花都已凋谢
在枯草丛中
我和小伙伴走散
从此再未相见
问过一个羊倌
说小伙伴往南边去了
同行的有两行大雁

从此不管过了多少年
无论春天还是秋天
我都要回到那草原
去见一见草原的大雁

秋天来了
去送别大雁

请它捎上我的思念
带给我童年的小伙伴
春天来了
又去把大雁期盼
大雁回来了
没有带回片语只言
也许
大雁没有见到小伙伴
也许
小伙伴没有收到思念

无论春天还是秋天
依然坚持送别和期盼
也许等到了下一回
大雁会给我带来喜悦

有一种思念叫草原

有一种思念叫草原
　　让你梦绕魂牵
牵绕的是绿色的春风
牵挂的是美丽的春天

有一种思念叫草原
　　让你朝思暮念
思念的是蓝天的温柔
思恋的是白云的缠绵

有一种思念叫草原
　　让你辗转难眠
怅惘的是深切的乡愁
惆怅的是逝去的童年

有一种思念叫草原
　　让你望眼欲穿
翘盼的是远去的乡思
眺望的是南飞的大雁

心中的草原

你用心中流淌的

绿色的诗句

童年的记忆

和手中温馨的画笔

都不足以去抒写

抒写草原的初春

它是那么芬芳美丽

你用心底酝酿的

七彩的诗句

沉醉的诗意

和手中飞扬的画笔

都不足以去渲染

渲染草原的盛夏

它是那么绚烂神奇

你用心血收获的

金黄的诗句

牛羊的情谊

和手中灵动的画笔

都不足以去描绘

描绘草原的深秋

它是那么沧桑忧郁

你用心灵净化的
洁白的诗句
冰雪的情趣
和手中飘逸的画笔
都不足以去描摹
描摹草原的隆冬
它是那么浪漫旖旎

把春天写进对联

春天走过冬天
来给草原拜年
携带着绿色的种子
和芳草如茵的心愿

草原敞开迎春的大门
门里门外张贴着对联
一副是父亲的慈祥
和母亲的和善
一副是湖水的清澈
和天空的湛蓝
一副是牛羊的温柔
和雄鹰的矫健
一副是骏马的奔驰
和白云的浪漫
还欠一副碧绿和春光
还缺一副和风与温暖

春天拥抱着草原
轻轻地细语呢喃
走遍了天涯海角
跋涉过万水千山

这里才是我的归宿
这里才是我的家园
请把我融入笔墨
请把我写进对联
我要留下来生根开花
留下来把草原陪伴装点

借我一袭燕子的羽衣

借我一袭燕子的羽衣
让我飞进春天
掠过春柳
亲吻高原
给新草一个惊喜

借我一袭燕子的羽衣
让我护佑春蚕
倾吐春丝
编织春景
赠桑梓一个春季

借我一袭燕子的羽衣
让我衔些春泥
糅合春意
装点河山
敬故乡一个薄礼

借我一袭燕子的羽衣
让我戴着春花
簇拥春蝶
酝酿甜蜜
送草原一个美丽

借我一袭燕子的羽衣
　　让我沐浴春光
　　　寻觅春芽
　　　踏青故里
圆童年一个梦忆

借我一袭燕子的羽衣
　　让我舒卷春云
　　　挥洒春雨
　　　江河澎湃
献大海一个奇迹

借我一袭燕子的羽衣
　　让我忘却春眠
　　　守望春晓
　　　风雨不弃
予天地一个希冀

借我一袭燕子的羽衣
　　让我秋去春来
　　　伴随春归
　　　相依四季
致爱情一个心意

借我一袭燕子的羽衣
　　让我抵御春寒
　　　温暖春风
　　　吹绿大地
赋生命一个动力

杜梨之恋

诗与远方

寻梦去远方
离别了草原
离别了你
走出了千里
走出了万里

梦里蓦然回首
我的心距你并不遥远
只走过了几个标点
只走过了几行词句
只有一首诗歌的距离

童话

在童话里
　遇见了你
那里没有夏季
没有骄阳肆虐
没有暴风骤雨

在童话里
　遇见了你
那里没有秋季
没有重霜落叶
没有忧伤满地

在童话里
　遇见了你
那里没有冬季
没有寒冰飞雪
没有冷酷孤寂

在童话里
　遇见了你
那里只有春季
只有蓝天白云
只有草原美丽

秋千

月亮上
架起春风的秋千
轻轻摇荡
摇落美丽的月光
追寻我的童年
和遗失的梦幻

夜空下
拾起满地的月色
悄悄点燃
点燃温暖的春天
唤醒了萤火虫
和沉睡的草原

风干的草原

岁月无情地滚动
草原的身躯历经千年西风
风干成乌兰布和
花草脱水凝结成了沙砾
图腾刻在了岩石的记忆中
轮回的太阳是他的子孙
在戈壁和大漠深处
生命的遗嘱顽强地喷涌
祈祷泉水湖泊河流
孕育碧绿与芬芳的灵魂
夕阳西下时炊烟又起
清晨又见逐鹿的猎人

别问我为什么

别问我春天的草原为什么总是那么温暖
因为她始终安放在我火热的心间
别问我草原的牧歌为什么总是那么缠绵
因为她始终荡漾在我思念的心田
别问我草原的歌声为什么总是响在耳边
因为她始终是天堂最动听的音乐
别问我草原的蓝天为什么总是那么湛蓝
因为她始终是人间最纯净的乐园
别问我为什么总是这样喜欢草原的大雁
因为她始终是我情窦初开的爱恋
别问我为什么总是这样难忘美丽的草原
因为她始终是我青梅竹马的童年
别问我为什么总是这样吟诵草原的诗篇
因为她始终是我父亲母亲的缱绻
别问我为什么总是这样泪水盈满了双眼
因为我是这样热爱草原爱得深远

依恋

草原太美丽
风儿不想走了
拽着牛羊的尾巴
想留在草原

蒙古包太温暖
燕子也不想走了
学着风儿的样子
拽着蒙古包的屋檐

绿茵太芬芳
雨露也不想走了
拽着蒲公英的花伞
降落在原野

我走得很远
有些想家了
想拽着草原的春天
回到梦中的牧园

星星与羊群

别离草原后无数个夜晚
我无法安然地入睡做梦
仰卧在旅途孤寂的原野
凝望着璀璨无比的星空
恍惚之间吹来一阵微风
天上飘落了许多的星星
落到我身边的花草丛中
变成了活蹦乱跳的羊群

我在草原等你

无论是春天
无论是夏天
无论是秋天
无论是冬天
我都在草原等你
等待你放弃了流浪

春天等你芬芳
夏天等你辉煌
秋天等你沧桑
冬天等你坚强
无论见与不见我
只愿你扮靓了家乡

无论是少年
无论是青年
无论是壮年
无论是老年
我都在草原等你
等待你放弃了彷徨

少年等你茁壮

青年等你阳光

壮年等你担当

老年等你慈祥

无论见与不见我

只愿你实现了梦想

借我一首浪漫的歌

借我一首浪漫的歌
让我去讴歌草原
灿烂的阳光
播撒温暖
播撒辉煌

借我一首浪漫的歌
让我去赞美草原
皎洁的月亮
守护夜空
守护梦想

借我一首浪漫的歌
让我去讴歌草原
昂首的山冈
挺拔矗立
挺拔坚强

借我一首浪漫的歌
让我去赞美草原
蜿蜒的河水
流淌乳汁
流淌滋养

借我一首浪漫的歌

让我去讴歌草原

蓝天的苍茫

放飞雄鹰

放飞希望

借我一首浪漫的歌

让我去赞美草原

白云的飘逸

舒卷圣洁

舒卷吉祥

借我一首浪漫的歌

让我去讴歌草原

雨露的清爽

滴落牧场

滴落心房

借我一首浪漫的歌

让我去赞美草原

春风的飘荡

飘来绿色

飘来花香

借我一首浪漫的歌

让我去讴歌草原

深秋的金黄

凝结幸福

凝结安康

借我一首浪漫的歌

让我去赞美草原

洁白的毡房

遮挡风雨

遮挡凄凉

借我一首浪漫的歌

让我去讴歌草原

奶茶的清香

哺育牛羊

哺育茁壮

借我一首浪漫的歌

让我去赞美草原

奶酒的豪放

酝酿勇敢

酝酿力量

借我一首浪漫的歌

让我去讴歌草原

长调的悠长

历经岁月

历经沧桑

借我一首浪漫的歌

让我去赞美草原

琴音的宽广

抚慰忧愁

抚慰悲伤

一首诗和一条河

走出草原好多好多年了
我非常非常地思念草原
便给草原谱写了一首诗
写好了我左看看右看看
字里行间看不出精彩来
也没有感天动地的词句
因此我非常非常不满意
生气地把它揉搓成一团
用力地把它攥紧在手心
没想到却挤出一汪深情
滴落在遥望草原的山冈
流淌成一条思念的长河

因为草原有爱就有了十四段诗行

握紧了又松手
让草原上的春风自由地远行

撑开伞又收起
让草原的春雨滴落她的温柔

从不会按下相机的快门
祈愿草原的美景在自然中永恒

草原的春天要去远方
忍痛为她收拾行装

不忍心去欣赏芳草鲜花的美丽
生怕惊扰了她们的娇羞

生命力最强的太阳黄昏后也需休养
不能拽住最后一缕晚霞久久地不放

没有嫁给你但是要嫁给黎明的春光
彻夜为她赶制一套绿色如茵的嫁妆

你虽然不是鄂尔多斯盛大的婚礼的主角
但你却会深情地拉响祝福的马头琴声

带着盈眶的泪水起舞和欢唱
虽然强压着内心深处的忧伤

把你火热的心掏出来为你所爱的人点燃成一盏明灯
只要她高高举起来在漆黑的暗夜中能够寻找到光明

虽然你的牧人恋歌不是唱诵给我来倾听
我也祝福你启蒙了草原上最美丽的爱情

假如只有一个牧羊女才能登上草原般的天堂
那你的天梯就是我这牧羊人这副坚强的肩膀

假如你就是那一朵圣洁的白云
我愿是蓝天成为你舒卷的背景

假如你是清香飘逸的芬芳牧草
我愿是陪伴滋养你的丰饶牧场

草原之恋

我热烈拥抱草原
不是想拥有草原
草原是属于祖先的
也是属于子孙的
我想拥有的
只是草原在眼中的
那一抹绿色
和一碧千里的苍茫
我想拥有的
还有草原在心中的
那一种宁静
和一草一木的安详

我热烈拥抱草原
不是想拥有草原
草原是属于昨天的
也是属于明天的
我想拥有的
只是草原在身旁的
那一缕清香
和一望无际的芬芳
我想拥有的
还有草原在耳畔的
那一声问候
和一生一世的回响

草原的诗歌

草原的诗歌
是柔软而浪漫的
她流淌的每一行语句
都是广袤的河流哺育的

草原的诗歌
是深情而温润的
她滴落的每一个字词
都是苍天的雨露滋养的

草原的诗歌
是纯净而湛蓝的
她酝酿的每一堆辞藻
都是辽阔的蓝天描绘的

草原的诗歌
是无瑕而雪白的
她铺就的每一篇辞章
都是悠扬的云朵抒写的

草原的诗歌
是蓬勃而碧绿的
她凝练的每一串音符
都是美丽的芳草编织的

草原的诗歌

是鲜活而温暖的

她锻造的每一组音节

都是春天的太阳照耀的

草原的诗歌

是沸腾而鲜红的

她拾起的每一个主题

都是牧人的心血铸就的

草原的诗歌

是飞扬而多彩的

她喷薄的每一个灵感

都是辉煌的岁月赐予的

草原与故乡

太阳照耀的地方
春风吹拂的地方
雨露洒落的地方
都是辽阔的草原
温暖美丽的故乡

烈酒醉人的地方
奶茶飘香的地方
炊烟升起的地方
都是遥远的草原
魂牵梦萦的故乡

琴声悠扬的地方
牧歌嘹亮的地方
鸿雁飞过的地方
都是难忘的草原
青梅竹马的故乡

蓝天湛蓝的地方
白云舒卷的地方
绿草青翠的地方
都是壮美的草原
风景如画的故乡

沐浴恩泽的地方
哺育成长的地方
放飞理想的地方
都是童年的草原
塑造灵魂的故乡

群峰林立的地方
目光慈祥的地方
语言沉默的地方
都是伟岸的草原
父爱如山的故乡

湖泊荡漾的地方
怀抱热烈的地方
乳汁芬芳的地方
都是柔情的草原
母爱似水的故乡

灵感迸发的地方
爱情喷涌的地方
诗人醉倒的地方
都是狂飙的草原
诗歌漫卷的故乡

雪与雨

初春的夜空
诞生惊喜
悄然飘下
一对孪生姐弟
姐姐叫雪
弟弟叫雨
雨拥着雪
雪牵着雨
血脉相通
生死相依
一样的性格
一样的勇气
一样的温润身躯
一样的使命担当
为了浸透土地
为了复苏万物
为了迎接春光无限
为了倾注勃勃生机
不惜牺牲自己
融化在春天里
姐姐绽放
最后一片雪花
弟弟洒落
最后一滴雨滴

花草里

布满了姐弟的足迹

空气里

弥漫着姐弟的气息

陪伴草原

走过丰饶的四季

感动天地

留下永久的记忆

草原是一本书

草原是一本书
童年时曾把她静静阅读
书中有远去的故乡和岁月
书中有记忆中走过的小路

翻开一页是清澈的蓝天
和飘荡的白云悠悠
再翻一页是碧绿的芳草
和流淌的弯弯河流

翻开一页是思乡的百灵
和鸿雁的万里传书
再翻一页是温暖的春风
和飘洒的丝丝雨露

一页里有蒙古包的炊烟袅袅
门前安卧着守护家园的猎狗
屋檐下的燕子衔泥安家
羊圈旁奔跑着快乐的野兔

一页里有蒲公英的笑脸绽放
目睹牛羊隐没在草原的深处
蓝天上的雄鹰展翅翱翔
骏马嘶鸣着欢乐和自由

一页里有先祖的逐水而居
和父辈的挥鞭放牧
在漆黑的夜色里升起月亮
月光融化了牧归的孤独

一页里把逝去的故人祭奠
把侵扰的豺狼驱逐
在宁静的草原上收起猎枪
炊烟升起了和平和幸福

一页里清晨阳光灿烂
草原迎来远方的朋友
马头琴拉响迎宾的长调
阿爸高举起醇厚的烈酒

一页里夜晚月光璀璨
牧人欢庆草原的丰收
篝火旁跳起欢乐的舞蹈
阿妈把浓酽的奶茶熬煮

一页里孩童憧憬着梦想
把夜空的星星颗颗清数
心儿放飞在草原远方
和梦想里的银河宇宙

一页又一页
充满了悲欢离合和风雨春秋
一页又是一页
写满了欢乐幸福和诗意乡愁

一页又一页
充满了岁月沧桑和理想追求
一页又是一页
写满了坎坷崎岖和不懈奋斗

草原是一本书
如今依然把她细细阅读
书中有永远的亲情和温暖
书中有梦乡中归回的小路

小草的情怀

春天年轻又慷慨

来过了又走了

把绿色涂满了草原

夏天火热又大方

来过了又走了

把热情挥洒在草原

秋天成熟又慈爱

来过了又走了

把牛羊托付给草原

冬天严肃又浪漫

来过了也走了

把白雪飘落在草原

我只是一棵小草

没有什么值得骄傲的

没有能够拿得出手的东西

但我来过了却不会走

走过春夏秋冬

只把根留在了草原

一条小路

一条小路
伸向草原的深处
蓝天编织久违的祥云
耳畔飘洒温馨的雨露

一条小路
伸向草原的深处
骏马嘶鸣深情的长调
雄鹰掀开天堂的帷幕

一条小路
伸向草原的深处
马兰捧出吉祥的哈达
羊群跳起欢快的歌舞

一条小路
伸向草原的深处
苄萌绽放故乡的思念
百灵敲响迎亲的腰鼓

一条小路
伸向草原的深处
游子望见毡房的炊烟
心头燃起袅袅的乡愁

一条小路

伸向草原的深处

阿妈端出温热的奶茶

阿爸高举豪放的烈酒

一条小路

伸向草原的深处

孩儿跪在先祖的草地

泪水浸润芬芳的热土

一条小路

伸向草原的深处

心头镌刻美丽的图画

脑海澎湃诗意的情愫

太阳的七彩衣衫

太阳有七种神奇的颜色
赤橙黄绿青蓝紫
炫然的彩色衣衫
太阳把它们赠予
千古轮回的四季
装点了辽阔无边的草原
绿色装点了春天
蓬勃的笑脸
蓝色浸染了夏日
热情的天幕
紫色拥抱着盛开的花朵
青色亲吻着嫩嫩的草尖
赤色橙色黄色争奇斗艳
扮靓了丰收的季节
秋天里姹紫嫣红
色彩斑斓
待到冬日来临
七彩的衣衫交织在一起
好似厚厚的棉絮为草原遮挡风寒
看上去仿佛一望无垠的白雪

写一封信致自己的童年

写一封信致自己的童年

投递的地址是那美丽的草原

草原纯朴得不需要门锁

敞开的胸怀就是公开的邮编

写一封信致自己的童年

你是否像从前那般黛发红颜

阳光雨露与你青梅竹马

夜空挂一轮两小无猜的明月

写一封信致自己的童年

你是否像昨天那样天真无邪

希望这世界充满了美好

心底深处不会塞进世态凉炎

写一封信致自己的童年

你曾拥有美好的理想和心愿

坐着勒勒车想漫游远方

如今出行已坐上飞机和高铁

写一封信致自己的童年

你曾描绘过未来美好的画卷

如今草原如诗如画

白云更加洁白蓝天更加湛蓝

写一封信致自己的童年
你曾经的信使是南飞的大雁
如今千言万语化作微信
只需要按下智能手机的按键

写一封信致自己的童年
你曾祈愿那银河不再是天堑
祝福牛郎织女天马行空
如今人间已拥有摆渡的飞船

写一封信致自己的童年
梦里你曾想陪伴愚公去移山
幸遇改革开放移除障碍
如今我们已阔步走向了世界

老榆树

草原上有一棵沧桑的老榆树
站立在草原已有上百个春秋
清早招来了朝阳爬上了山冈
轻轻唤醒了牛羊沐浴着晨露

草原上有一棵沧桑的老榆树
陪伴着策马的牧人挥鞭放牧
蓝天下青青的新草绿了又绿
白云边草长莺飞彩蝶在飞舞

草原上有一棵沧桑的老榆树
绿荫曾经把草原的少年呵护
当那秋风摇落了金黄的榆钱
少年已走上寻觅远方的天路

草原上有一棵沧桑的老榆树
夕阳西下时树影悠长而孤独
夜深时陪伴着牧犬彻夜无眠
只把思念对月光悄悄地倾诉

草原上有一棵沧桑的老榆树
日夜为孩儿的平安祈祷祝福
在远方是否已寻觅到了诗歌
那里是否能像草原没有忧愁

草原上有一棵沧桑的老榆树
伫立草原把游子久久地等候
待到游子再回到美丽的草原
蒙古包已经两鬓苍苍白了头

草原上有一棵沧桑的老榆树
大树旁操办起欢乐的那达慕
手捧起吉祥的哈达高唱赞歌
拉响马头琴畅饮温热的奶酒

草原上有一棵沧桑的老榆树
守候在草原等着你一醉方休
树下的草地就是你永远的家
祈愿你留下来从此不再远走

草原的歌声

如果你从没有聆听过草原美丽的歌声
那么欢迎你来到草原静静地侧耳倾听
草原不胜枚举的万物生灵敞开了心扉
抒发诉说着一缕缕真情仿佛天籁之音
拨响忧郁的马头琴弦的是温暖的春风
重生的新草摇曳着打破了草原的宁静
快乐的牛羊在无垠的草原上悠然吃草
奔驰的天马在辽阔的天边自由地嘶鸣
故乡的深情对游子的召唤激荡着苍穹
头雁领航复诵的乡音响彻归来的雁群
翩翩紫燕飞落在毡房的旧檐亲吻呢喃
润物细无声的雨露轻轻地滴落在初春
缕缕阳光敲响了绿色草原的暮鼓晨钟
长空万里飘荡着朵朵细语缠绵的白云
红嘴鸥拥抱亲吻着潺潺流水声声鸣啼
一顷碧波拍打杨柳卷起了初萌的激情
欢快的百灵尽情讴歌着草原风调雨顺
小提琴和马头琴在蒙古包前琴瑟和鸣
心底深处歌唱着父亲的草原母亲的河
灵魂里流淌的诗歌词曲缠绵音色清纯
父亲高唱一曲敬酒歌欢迎远方的宾朋
手捧着哈达的母亲唱和着呼麦的和声

伴随着莺歌翩翩起舞的是浪漫的马兰
阳光晨曲的唱诵者是一身银装的苎萌
一棵棵芳草朗诵着青春之歌郁郁葱葱
一只只莺蝶飞舞憧憬着希望浅唱低吟
一朵朵鲜花怒放仿佛理想的齐声合唱
一片片绿草如茵谱写未来如繁花似锦

我从草原走过

我从草原走过
不带走一片绿色
把绿色留给春天
只带走温暖的嘱托

我从草原走过
不带走千里辽阔
把辽阔留给故乡
只带走天马的传说

我从草原走过
不带走芬芳花朵
把花朵留给蜂蝶
只带走绽放的诗歌

我从草原走过
不带走蜿蜒长河
把长河留给未来
只带走流淌的曲折

我从草原走过
不带走婀娜白云
把白云留给蓝天
只带走苍茫的轮廓

我从草原走过

不带走温馨湖泊
把湖泊留给鸿雁
只带走南飞的失落

我从草原走过
不带走英雄史册
把史册留给辉煌
只带走讴歌的笔墨

我从草原走过
不带走阳光洒脱
把洒脱留给自然
只带走岁月的蹉跎

我从草原走过
不带走月光皎洁
把皎洁留给静夜
只带走风儿的婆娑

我从草原走过
不带走烈酒温热
把温热留给深秋
只带走落叶的寒涩

我从草原走过
不带走一株青草
把青草留给牛羊
只带走丰饶的欢乐

杜梨之恋 187

哦，我的乌仁都西

辽阔的鄂尔多斯草原既美丽又苍茫
那里的草原上还有一座神圣的山冈
千百年来它的名字都叫作乌仁都西
双眼仰望长得像我心中祖先的模样
实际上它不如珠穆朗玛巍峨和雄壮
它也不是草原上水草最丰饶的草场
但是站在那里如同站在祖先的肩头
让我能够去眺望远方和遥远的希望
山冈上面跳跃着雪白而勇敢的山羊
山冈脚下生活着浪漫而优雅的姑娘
每天清晨太阳会把山冈轻轻地唤醒
每个夜晚陪伴的邻居是西边的月亮
我把我的青春和爱恋都献给了山冈
这座山冈给了我追求的生活和理想
我愿一生在山脚下抒写赞美的诗句
站在山冈上把乌仁都西永远地歌唱

秋风是用黄桃木做的

大雁向南飞去
衔着黄桃木
雕塑的秋风
轻轻地梳理着
故乡草原
沧桑的鬓发
梳掉的是乡愁
留下的是吉祥
吉祥的颜色金黄

你要写草原就不能只写草原

你要写草原

就不能只写草原

要写白云，写蓝天

写毡房袅袅升起的炊烟和温暖

要写一夜东风送春暖，鸿雁翩跹

写彩蝶马兰，相依相恋

写马头琴声的悠扬与缠绵

写长调醉酒吟诗篇，牧人纵马挥鞭

再写塞上秋来羊满圈，奶茶浓酽酽

直至最后，才情融笔端

把爱写进诗的后半段，倾诉缕缕思念

杜梨之情

马兰花

马兰花　马兰花

我为你远道而来

你为我怒放盛开

我依偎在你无边的怀抱

你的芬芳洋溢在我的心海

马兰花　马兰花

我是你殷切的期待

你是我一生的情怀

我依恋着你无私的绚烂

你的色彩编织成我的挚爱

马兰花　马兰花

我为你曾经的凋零长叹徘徊

你为我笑看岁岁荣枯和盛衰

我陶醉于你大漠中的坚守

你的执着酝酿出我的崇拜

马兰花　马兰花

我是你别梦中的青睐

你是我相逢时的永在

我感受着你蓝天般的气度

你的风采滋养着我的时代

樱桃花

那是驱散寒夜最灿烂的一缕曙光
　　　　　把温暖洒在初春脸庞
那是坚守僻壤最艳丽的一抹桃红
　　　　　让贫瘠不再孤独绝望
那是抗御焦炙最晶莹的一阵雨露
　　　　　让大漠不再忧郁悲伤
那是守望绿色最旺盛的一簇烽火
　　　　　把生命战鼓声声擂响
　　　　　那四月的樱桃花啊
　　　怒放在美丽的樱桃山上
　　　　　我愿化作那一缕曙光
　　　　　我愿酿就那一抹桃红
　　　　　我愿结为那一阵雨露
　　　　　我愿燃起那一簇烽火
谱写高原最抒情最悠扬的乐章
把我心中的樱桃花深情地歌唱

梨花盛开

你说你已盛开
我说我赶来看你
你说你开在枝头
我说你烂漫在我的心间

你说你像云朵
我说你美如白雪
你说你飘在天空
我说你装点了我的家园

你说你是梨树
我说你好似农夫
你说你根在乡野
我说你根植了我的思念

你说你是梨花
我说你好像农妇
你说你吐露芬芳
我说你浇灌了我的心田

三角梅

你是花叶和谐的神树
上苍赐予自然的有机生物
蕴含化学周期表上的珍贵元素

你的花形是几何结构
力学原理证明其稳定坚固
人间用它来把爱情比拟倾诉

你的花期走过四季
花开花不落青春常驻
酷像圆周率无穷的循环往复

你的花容色彩斑斓
彰显浴火重生的英雄气度
锻造成永不褪色的美丽雕塑

你的花香扑面而来
如春的梨花开满千树万树
穷尽了数学也无从测量计数

你的爱心炽热如火
温暖了大地唤醒万物复苏
牺牲了绿叶献出赤子的温度

你的风度崇高优雅

恰似自由落体的飞流瀑布

优美的抛物线像条彩虹飞舞

你的青睐是物理命题

迎刃破解者唯其英才天赋

步履像极了爱因斯坦的脚步

你的形象是地理标志

引无数城郭竞相推举选树

坚忍的精神在心中崇尚维护

蒲公英

曾经我们都是种子
一起种在田野路旁
并肩长出青青嫩芽
携手努力慢慢茁壮
如今我们已经成年
却有了不同的模样
你长成了苍松翠柏
挺拔伟岸英姿飒爽
他长成了绿柳白杨
挥洒阴凉美丽风光
她长成了金色梧桐
招来凤凰栖息呈祥
我却长成了蒲公英
花伞随风飘零流浪

蒲公英的种子

你的家乡是美丽的牧场
扎根草原是你的初心和梦想
等到那成熟丰收的季节
一阵风儿却把你吹向了远方
别离了草原别离了天堂
心中充满无尽的忧郁和悲伤
无论你飘落天涯或海角
萌生的都是思念故乡的诗行

风雨春秋

不是风
是希望
扇动了你的双翼
飞向远方

不是雨
是思念
打湿了你的双眼
梦回故乡

不是春
是阳光
温暖了你的童年
茁壮成长

不是秋
是冰霜
坚强了你的意志
百炼成钢

冬天的雪

你曾飘落人间
但没有去看望春天
春暖花开，姹紫嫣红
不需要锦上添花嘘寒问暖

你曾飘落人间
但没有去看望夏天
艳阳高照，莺歌燕舞
不需要炉中送炭烘托热烈

你曾飘落人间
但没有去看望秋天
硕果累累，锦衣华服
不需要穿靴戴帽添衣加裳

你曾飘落人间
你只去看望了冬天
西风凛冽，地冻三尺
需要吉祥温暖银色的衣衫

树·雪

面对酷寒和西风
树与雪
相互依存
相互陪伴
相互交融
化为树雪
成为原野的偶像
一道美丽的风景

究竟是雪装点了树
还是树成就了雪
那都不重要
我只在乎她们
艰辛苦难
不离不弃
相互依偎的亲情
感天动地
在寒风凄冷中
冰结了我的泪水
温暖了我的内心

秋叶

昨日春暖人家
绿枝高挂
今朝风吹枯藤
独立昏鸦

笑看悲霜苦雨
风景如画
挥别老树阿妈
眼噙泪花

飞落一叶扁舟
顺流而下
从此不再掉头
飘荡天涯

春秋之恋

虽然我们曾经相恋
但是从来没有相见
虽然我们未曾谋面
但是已经铭记心间
你是我热爱的春天
　多彩而温暖
我是你钟情的秋天
　浪漫而丰满
我和你只隔着一个季节
　一个火热的夏天
你和我也隔着一个季节
　一个寒冷的冬天
我们何时才能穿越冬夏
心与心相连手与手相牵
　静静地不用多言
　慢慢地走向永远

人和鱼的距离

人在冰面上小心滑行

鱼在冰面下黯然潜泳

距离虽然并不遥远

却相隔着整个冬天的寒冷

期盼相亲相近

坚冰瓦解消融

人啊跳入水中自由地嬉戏

鱼儿跃出水面尽情地欢腾

人和自然的距离

只隔着一夜春风

小草与飞燕

你是一羽归去来兮的飞燕
我是一丛刚刚苏醒的小草
你轻轻掠过我柔软的耳畔
未曾说过一句动听的语言
只是用喙衔来美丽的春天
默默地把她留在我的身边
仿佛听见了你深情的嘱托
小草沐浴着春风绿遍草原

无言的石头

一颗沉默的石头勤劳而忠诚

深藏着春秋的风雨

深藏着樱桃花和蜜蜂的秘密

樱桃花何时盛开

蜜蜂何时飞舞

何时酝酿甜蜜

日月很忙碌

天地太诗意

牛羊在散步

只有石头记录了它们的信息

让时光无法中断

传唱着无言的美丽

我想做一滴雨

我想做一滴雨
滴落在干涸的荒漠和戈壁
化作大海我无能为力
也不愿让你失望忧伤
只愿匍匐在你的耳际
传递春来的消息

我想做一滴雨
滴落在裸露的高原和土地
化作草原我无能为力
也不愿让你伤心哭泣
只愿沁透到你的心底
荡起绿色的涟漪

天上的雨，谁的泪

天上的雨，谁的泪
淅淅沥沥
洒落何等的伤悲
敲击谁人的心扉

天上的雨，云的泪
点点滴滴
伤悲与长空别离
渗入陌生的土地

天上的雨，谁的泪
丝丝缕缕
牵挂多少的爱意
唤醒尘封的记忆

天上的雨，我的泪
洋洋洒洒
挥别远去的云霓
拥抱新生的美丽

一起去远方

背起行囊
一起去远方
昔日丝绸之旅
今朝古道沧桑

背起行囊
一起去远方
穿越乌兰布和
耳闻驼铃悠扬

背起行囊
一起去远方
春寻长征之路
夏访雪山丽江

背起行囊
一起去远方
秋闯南美秘境
冬赏北欧风光

背起行囊
一起去远方
朝拜喜马拉雅
晚栖海湾香港

背起行囊

一起去远方

北上皇家故宫

南下寻常陌巷

背起行囊

一起去远方

西登玉宇琼楼

东临碣石海浪

背起行囊

一起去远方

试航南极方舟

畅游北冰之洋

背起行囊

一起去远方

先把日月问候

再往银河探访

背起行囊

一起去远方

走遍天涯海角

直到地老天荒

一路上有你

一路上
　有风
　有雨
　又有你
　怕什么
颠沛流离

一路上
　有霜
　有雪
　又有你
　怕什么
孤独冷遇

一路上
　有山
　有水
　又有你
　怕什么
旅途崎岖

一路上

有天

有地

又有你

怕什么

天涯无际

你在远方的远方流浪

你说你曾经过目不忘
但已经忘掉了美丽草原的模样
你在远方的远方流浪
还把童年遗落在故乡

你说你曾经过耳不忘
但已经忘掉了马头琴声的悠扬
你在远方的远方流浪
还把欢乐遗落在牧场

你说你曾经过目不忘
但已经忘掉了浓酽奶茶的飘香
你在远方的远方流浪
还把温暖遗落在毡房

你说你曾经过耳不忘
但已经忘掉了酣畅淋漓的歌唱
你在远方的远方流浪
还把激情遗落在天堂

微信是你我相约的地方

你在北方的北方

我在南洋的南洋

无论东西南北

微信是你我相约的地方

你在雪原上傲霜

我在大海中踏浪

无论春夏秋冬

微信是你我相聚的地方

你在北冰洋滋养

我在南极洲生长

无论五湖四海

微信是你我握手的地方

你在豪放的青藏

我在婉约的南疆

无论大江南北

微信是你我相拥的地方

你在盼望着曙光

我在挽留着夕阳

无论日出日落

微信是你我热恋的地方

你在初一的晚上
我在十五的月夜
无论阴晴圆缺
微信是你我团圆的地方

你在欧罗巴探访
我在亚非拉徜徉
无论天涯海角
微信是你我留念的地方

你在太空中巡航
我在地球上垦荒
无论上天入地
微信是你我落脚的地方

你在用支付银行
我在用单车共享
无论有形无形
微信是你我信赖的地方

你在聆听着音乐
我在传输着音像
无论今天明天
微信是你我寄托的地方

蓝天与大地

蓝天凝视着大地
大地守望着蓝天
相距虽然遥远
隔不断相互的依恋

经历过阴晴圆缺
看遍了海枯石烂
时光虽然荏苒
带不走亘古的思念

虽然不曾相拥
从未握手相牵
你的千姿百态
跳动在我的心间

虽然相对无言
从未张口相约
你的千言万语
流淌在我的心田

你走了

你走了
留下了空旷的草原
花草依然芬芳
有谁再来流连徜徉

你走了
留下了一把马头琴
琴声依然悠扬
有谁再来伴舞歌唱

你走了
留下了宴客的银杯
奶酒依然飘香
有谁再来畅饮品尝

你走了
留下了丰饶的牧场
牛羊依然成群
有谁再来挥鞭牧放

你走了
留下了温暖的毡房
炊烟依然袅袅
有谁再来做客探访

你走了

留下了美丽的愿望

哈达依然圣洁

有谁再来呈献吉祥

你走了

留下了驰骋的理想

骏马依然刚烈

有谁再来纵马疆场

你走了

留下了蔚蓝的天空

苍鹰依然雄壮

有谁再来比翼飞翔

你走了

留下了眷恋的故乡

草原隐隐作痛

有谁再来抚慰忧伤

双曲线

两条相似的曲线
相隔对称的原点
轨迹曾经无限接近
却又难以握手相见

两个不同的志愿
导引相悖的拐点
轨迹始终无法统一
从此相互挥手告别

人生课题双曲线
相逢时难别不难
志若不同道不相合
形同陌路随风飘散

你用数学来求解
我用诗歌寻答案
路漫漫上下而求索
愿千里同心共婵娟

绵绵的思念

我在高山
君在海南
千山万水隔不断
绵绵的思念

我在草原
君在天边
千言万语寄托了
南飞的大雁

我在守护冬天
君在拥抱温暖
千差万别的使命
同样的美丽心愿

什么时候才能相逢
像那白云和蓝天
浪漫在共同的季节
你我永远不分别

等你

那一天
在雨中等你
撑起手中的雨伞
挡住了云朵的眼泪
挡不住我的心头
滴落的伤悲

那一夜
在寺院等你
点燃祈祷的香火
照亮了佛祖的眼眉
照不亮我的眼神
望断了秋水

那一月
在天边等你
打开了手机的信号
收到了天堂的反馈
收不到你的问候
传达的抚慰

那一年

在草原等你

吹散密布的阴霾

再见了太阳的光辉

再不见你的温暖

播撒的妩媚

望着你的双眼

茫茫草原那么辽阔
都收纳在你的眼底
望着你的双眼
如同望着草原的美丽

你的双眼那么深邃
装下多少风霜雪雨
望着你的双眼
如同望着四季的美丽

你的眼神那么忧郁
蕴藏多少悲欢离合
望着你的双眼
如同望着人生的美丽

你的眼光那么神奇
辉映多少诗情画意
望着你的双眼
如同望着日月的美丽

谢谢你的早安

在太阳升起之前

你送上一句早安

话语虽然很短

却是那样温暖

如同拂晓的一缕阳光

融化掉冰雪般的黑暗

清早有了你的祝福

我不再把阳光期盼

太阳那么慵懒

总是姗姗来迟

不如你的问候

又及时又准点

谢谢你的问候

胜似阳光的温暖

谢谢你的早安

如同三月的春天

饮茶

你把美丽泡在了壶中

天天饮茶

我把思念寄托在微信

夜夜诗话

你说一缕茶香生离愁

随风飘远

我说千种情怀绕心头

海角天涯

语言与温暖

风说着风的语言
雨说着雨的语言
天说着天的语言
地说着地的语言
阳光说着阳光的语言
月光说着月光的语言
高山说着高山的语言
流水说着流水的语言
白云说着白云的语言
绿荫说着绿荫的语言
森林说着森林的语言
草原说着草原的语言
它们各自说着自己的语言
它们相互说着不同的语言
等到相遇在春天
它们相互问候时
都说着同一种亲切的语言
那种语言的名字它叫温暖

听雨

孤独的西行之路坎坷崎岖
耳畔多想听到抚慰的话语
就像三伏天里干渴的草原
渴望一场连绵不断的夏雨

一阵手机铃声忽然响起了
像雷声响彻了遥远的天际
是谁的鼓励像久违的甘霖
仿佛雨滴洒落焦炙的心底

谁陪我一起去远方

你说你要背起最简陋的行囊
陪我一起去遥远的秘境西藏
去看一看庄严的布达拉宫
宫墙下面是否真的有一个流浪的情郎

你说你要怀揣最简单的干粮
陪我一起去杏花飘雪的新疆
去看一看美丽的可可托海
痴情的牧羊人是否还等在养蜂的草场

昨天你却独自一人去了远方
遥望着你的背影我黯然神伤
庄严的布达拉宫依然庄严
只是在宫外看见你的灵魂孤独地流浪

如今你悄无声息地去了天堂
让浪漫的旅行都化为了空想
美丽的可可托海依然美丽
只是你已听不见牧羊人最动情的歌唱

寂寞

寂寞是额头没有一丝皱纹
心头却深深地铭刻着千条伤痛

寂寞是脸上虽然挂着笑容
血脉却静静地流淌着万般悲情

寂寞是湖水如此安详平静
却听不到春天里最欢快的蛙鸣

寂寞是丁香花儿今又盛开
路边曾赏花的人如今却已不在

寂寞是早春里曾携手远行
春风万里却已经无人陪你踏青

寂寞是湖畔海鸥翩翩依然
欣赏舞蹈的人群却少了一人

寂寞是垂泪端起酒盅痛饮
曾与你对饮的人却已不见踪影

寂寞是半夜三更寂静时分
无言的泪水总是悄悄把你打醒

杜梨之情

寂寞是唱起了动人的歌声

却再不见熟悉的琴师为你抚琴

寂寞是旅途依然漫长艰辛

身旁却不再踏响耳熟的脚步声

寂寞是早晨太阳尚未升起

意外已敲响了朋友沉睡的窗棂

寂寞是今夜又起一场狂风

明早再听不到咒骂沙暴的声音

寂寞是你发出求助的微信

已收不到曾经即刻声援的回应

寂寞是你走在四季的风中

无人再担心遇到寒春或者严冬

逝去的诺言

你曾经说要背起早春的行囊
陪我一起去马兰花盛开的牧场
拥抱鄂托克辽阔美丽的草原
蓝天白云下与大雁放声地歌唱

在太阳还没升起的那个早上
我轻轻敲响你毡房静静的门窗
屋檐下的燕子悄悄地告诉我
昨晚你已经陪伴月亮走向远方

你曾经说要穿戴婚嫁的衣装
要做草原上最幸福妩媚的新娘
与我携手在樱桃树下留个影
去共度人间沧桑直到地老天荒

草原上又升起了不落的太阳
你乘着大雁飞向了遥远的天堂
樱桃树上的彩蝶双双地起舞
只留下我在草原上孤独地流浪

我的茶叶，我的爱情

茶叶姑娘是天地哺育的美人
沐浴着阳光迎着温暖的春风
等到人间最温润烂漫的季节
她绽放出最美丽妩媚的笑容

婀娜的青春漂荡浸润在水中
那一缕清香是她飘逸的灵魂
我不知道爱情是多么地热烈
只把她拥在嘴边时时地亲吻

我没有等到你

那天黄昏
我没有等到你
是的，我在大树下等你
一直等到大树的影子又斜又长
仿佛要丈量我内心的孤独
和无尽的忧伤

那天夜晚
我没有等到你
是的，我在夜空下等你
一直等到满天的星斗隐去星光
仿佛吞噬了我内心的希冀
和美丽的渴望

那年深秋
我没有等到你
是的，我在山顶上等你
一直等到萧瑟的秋风越吹越狂
仿佛吹走了你春夏的温柔
和鲜活的模样

那年寒冬

我没有等到你

是的,我在河岸边等你

一直等到东去的长河覆盖冰霜

仿佛冻结了我澎湃的血脉

和火热的心房

在睡梦中总能遇见你

在睡梦中总能遇见你
你绽放在草原的深处
像格桑花盛开温馨又美丽
睡梦中担心风儿吹来
吹醒我不愿醒来的梦
吹走对你音容笑貌的记忆

在睡梦中总能遇见你
你飘荡在草原的天边
像圣洁的云朵温柔又飘逸
睡梦中担忧雨滴垂落
打醒我不想醒来的梦
打碎与你生死不离的希冀

在睡梦中总能遇见你
你漫步在草原的雨后
像天际的彩虹多彩又旖旎
睡梦中忧愁寒霜降落
惊醒我不愿醒来的梦
惊走与你共行天涯的心意

在睡梦中总能遇见你

你飞舞在草原的春天

像南飞的鸿雁归去又来兮

睡梦中忧心冰雪侵袭

冻醒我不想醒来的梦

冻僵与你翩翩起舞的花季

乌兰布和夜空的星星

怀揣一个梦想
坐随一行车队
驶入乌兰布和的深处
重蹈驼盐古道的足迹
旅途坎坷
前路迢迢
时近黄昏
暮色茫茫
恍惚间
随着车窗外一阵阵古老的风儿迎面吹来
一座座海市蜃楼远远地矗立在地平线上
远远地眺望，仿佛看得见
西垂的夕阳隐入了大漠孤烟
驼盐古道的商旅卸掉行囊
在安久庙的香雾缭绕中安详地歇息
只有天上的星星始终眨着眼睛
守望着乌兰布和的沉静
当晨曦唤醒巴音牧仁的时候
天上的星星纷纷掉落下来
敲响了骆驼胸前垂挂的一串串吉祥的驼铃
商旅们采撷一束束阳光沐浴着风尘
牵着驼队又走向光明的前程
猛然间
当我尚被眼前的景象所陶醉的时刻

一个旅伴猛烈地按响了车笛声

使我从幻觉中惊醒

其实,我真不愿醒来

想成为乌兰布和夜空的那些星星

摇荡着驼铃

让那远去的影像重生

成为活化的诗史

成为美丽的永恒

春节的礼物

在手机的键盘上敲击了好多词句
有时感觉她们仿佛不是文字
而是草原的音容和笑貌
是蓝天白云和阳光雨露
是芳草鲜花和飞舞的蜂蝶
自由快乐鲜活而富有生命力
如果把她们连缀起来看一看
仿佛一幅油画里的春天
仿佛草原美丽如画的春天
如果在键盘上能够敲击出草原
如果能够敲击出草原的春天
在腊月里我想一直把键盘敲击下去
春节我还想送给全世界一个礼物
一个能够敲击键盘的手机
一个能够敲击出草原和春天的手机

执着的春天

天气依然很冷

月亮的眼睛被冻住了

星星的眼睛也被冻住了

在睁不开眼的夜色中

山睡了

湖睡了

大漠睡了

草原也睡了

只有春天醒着

不知疲倦地

无所畏惧地

一往无前地

执着地走来

春天的雪

春天的雪是一把钥匙
打开了草原绿色的大门
春天的雪是一条锁链
锁住了寒风狂舞的翅膀
春天的雪是一抹乡愁
放慢了游子回乡的脚步
春天的雪是一个偶像
丰盈了孩子憧憬的双眸
春天的雪是一种灵感
激活了诗人沉睡的笔端
春天的雪是一滴泪珠
凝结了人间纯洁的爱情
春天的雪是一袭衣衫
装扮了阿白山羊的姿容
春天的雪是一张白纸
书写着最新最美的草原
春天的雪是一声吉祥
祝福了牧人茁壮的牛羊
春天的雪是一身棉衣
覆盖了北方春麦的家园

春天的雪是一场烟花

盛放在新年美丽的夜晚

春天的雪是一汪深情

浸染了故乡沧桑的双鬓

春天的雪是一双羽翼

飞舞成白鹤春归的风景

杜梨之花

收获

黄昏时节
未曾忘记
播种下
美丽的希望

漫漫长夜
耕耘不辍
孕育着
光明的理想

黎明之际
阵阵忙碌
收获了
鲜红的太阳

贺礼

我是一滴细雨
生长在云朵里
自由而潇洒飘逸
随风来到草原
在春天遇见你
我愿做自由落体
不惜粉身碎骨
助你滋养绿意
盛开芬芳和美丽
等到那个时节
百灵吹响牧笛
是我灵魂的贺礼

同一个太阳和月亮

无论你是江河在静静地流淌
还是矗立在原野巍巍的山岗
无论你是春天里葱郁的花草
还是草原上欢乐自由的牛羊
无论你是鱼儿在小溪中畅游
还是鸟儿站在枝头放声歌唱
无论你是诉说着人类的语言
还是弹拨大自然古朴的乐章
白天我们都拥有同一个太阳
共享一束束美丽温暖的阳光
晚上我们都拥有同一个月亮
分享一缕缕皎洁朦胧的月光
阳光下一同收获昨日的果实
月光下一起思索明天的理想

图腾无殇

你是牛
你是羊
你是牧人和狗
你是猎人和狼
你的肉体死去了
拓在了岩石上
美丽如画
春秋护佑草原
冬夏守望家乡
你的精神没有死
刻在了日月上
图腾无殇
夜晚点亮星火
白天闪烁光芒

又见马兰花开

马兰花海荡漾在这片草原
放眼四望天地一样地湛蓝
你说那是苍天飘落的圣洁
我说这是人间盛开的心愿

马兰花香洋溢在这个家园
昨天今天和明天都是春天
你说那是天使赐予的美丽
我说这是牧人创造的温暖

马兰花朵开放在这个世界
兄弟姐妹们都很潇洒烂漫
你说她能与百花争奇斗艳
她说她只愿把牧场去装点

马兰花歌唱响在这个季节
蓝色舞曲好似夜晚的炊烟
你说她能与经典一较高下
她说她只愿把牛羊去催眠

沙柳

你走进沙漠深处
在沙漠种下沙柳
期盼沙漠变成绿洲
阵阵风暴袭来
沙柳成为枯枝
你的理想被风吹走
你却那么倔强
要替沙柳挺立在沙漠
直到生命的尽头
风暴过后
沙漠上留下一堆枯骨
分不清是你还是沙柳
夜色降临
磷火闪烁像一盏灯
照亮寻觅绿洲的夜路

树与树

每一棵小树的童年都一样朴素
都想快快长成茁壮美丽的大树
长大后却有了不同的理想
各自有了各自不同的追求
有的企冀更高的高度
高耸入云在天堂里翩翩起舞
有的只期盼舒展枝叶
绿荫满地在人世间默默造福

输电塔上的鹊巢

一对年轻的喜鹊追求光明
把结婚的新房筑在了高高的输电塔上

强大的电流天天从空中流过
高悬的鹊巢依然夜夜漆黑一片

一只只小喜鹊破壳而出慢慢长大
成家后也把婚房安在了老巢的下面

鹊巢一层又一层随着岁月不断叠加
远远地看上去像美丽的空中楼阁

谦虚的秋天

秋天

是思想最成熟的季节

是果实最丰硕的季节

也是最谦虚的季节

所有的植物和谷物内心都很丰盈

却始终那么低调

没有谁去炫耀自己的充实和富足

尤其是田野里的向日葵

早已不稀罕日出日落

只是弯着腰低着头

思考着未来和远方

默默地一言不发

只有几只喜鹊忙碌着

站立在葵花的头顶

一个劲地唱着丰收的赞歌

把诗歌铭刻心间

不知诗歌有没有那么浪漫
能不能抒发太阳的灿烂
不知诗歌会不会那么缱绻
能不能表达月亮的顾盼
不知诗歌可不可扬起风帆
能不能到达大海的彼岸
不知诗歌是不是芬芳鲜艳
能不能渲染辽阔的草原

如果诗歌不能够满足心愿
为什么还把它铭刻心间

在月球上建个农场

把奠基的礼炮鸣响
在月球上建个农场
种些大葱黄瓜土豆
还有小麦玉米和高粱
收获季节一派繁忙
去请一请劝一劝吴刚
来做麦客常驻农场
带着他的斧头和力量
去辞掉旧职赶紧上岗
伐木工种从此消亡
桂花树能够好好生长
树上树下鸟语花香
再去把嫦娥也请来
来品尝果实欣赏风光
广寒宫里欢歌笑语
不再孤独也不再忧伤

让我们一起走吧

让我们一起走吧
一起去寻觅青藏奇葩
圣洁美丽的雪莲
怒放在雄伟的喜马拉雅

让我们一起走吧
一起去阅读雪域神话
慈祥温煦的阳光
映照着遥远的秘境拉萨

让我们一起走吧
一起去邂逅峡谷桃花
多情曲折的烂漫
把雅鲁藏布江紧紧牵挂

让我们一起走吧
一起去点燃圣火烛蜡
生生不息的倔强
闪烁在漫漫的天路灯塔

追日之旅

我们曾经相约

以梦为马

飞上追日之旅

书写神话

经历了风吹雨打

跋涉过万水千山

苦难坎坷

纵然纷至沓来

笑如烟云

统统踏在脚下

只难忘

在那最寒冷的冬天

亲吻着漫天飞舞的雪花

洒落了一把滚烫的泪水

陪你一起走到天涯

看见了

天边升起的一轮红日

喷薄地倾吐光华

温暖了冰天雪地

把你我的心一起融化

岁月

回望历史
泪眼蒙眬
仿佛看穿了岁月
又见到了逝去的
理想和青春
还有光荣和爱情

面对未来
醉眼圆睁
似乎看不清尽头
漫漫长路西风紧
伴随苦难和艰辛
还有伤别和离情

我不会忘却历史
但我只愿把她
深藏在心中

我坦然正视未来
勇敢地把未来
拥抱在风中

火山岩

在大地的母腹之中
曾经幸福得像孩子
流淌的血液炽热如火
牵挂的脐带柔软似水
山崩地裂的一刹那
痛苦地喷涌而出
经历了风霜雪雨
比时光还冷峻坚强

礼花与灵魂

盛大的礼花五彩缤纷
绽放在那遥远的夜空
那是即将逝去的灵魂
当烟消雾散时
何曾忘却了他
奉献的笑语欢声
生命啊,曾怒放着
火一样的青春

清茶与烈酒

你是清茶
我是烈酒
你赠我香郁温柔
我还你刚烈醇厚

你是芬芳
浸润了古道丝绸
羌笛声声
驼铃悠悠

我是五谷
酝酿了李白斗酒
诗意绵绵
千古幽幽

烈酒说不尽的刚烈
清茶道不完的温柔
干一杯,喝一口
日月常在,天地无忧

苍松与落叶

等到一夜劲吹秋风
　　萧瑟霜天降临
万木丛中青梅煮酒
　　试论绿林英雄
谁将是飞逝的落叶
　　必然满地飘零
谁会是挺立的苍松
　　依然郁郁葱葱

梦想与向往

从小有个梦想
背着行囊装着太阳
走遍银河两岸
播撒四季
让宇宙生长阳光

从小有个向往
背着行囊装着月亮
跨过鹊桥南北
照亮七夕
愿织女相会牛郎

牛羊与诗人

牛羊
在草原上
自由地徜徉
吃遍了草原
所有的如意与吉祥
挤出有机的乳汁
无比地健康

诗人
在人世间
孤独地流浪
历遍了人间
所有的坎坷与沧桑
却没有写出一首
美丽的诗章

诗人有个梦想
想做一只牛羊
吃下的是绿草
挤出的是诗行

弓背与弓弦

人生像一张弓

有弓背有弓弦

背弦虽相连

际遇两重天

我走的是弓背

你走的是弓弦

我一路曲折坎坷

遭遇了苦难

苦难中有更多的体验

尝遍了苦辣和酸甜

你一路顺风直行

充满了喜悦

喜悦里缩短旅行时间

缺少了人生的回甘

我愿走弓背

你想走弓弦

不同的路线

相同的终点

在那遥远的远方

我们终究会相见

请打开你的美丽

都说你千年的温柔和美丽
　　　　　深藏在微信里
　　　　深藏在你的谦逊里
　　也深深地镌刻在我的心怀
　　　让世界充满温暖和期待

有什么青春的真谛和密钥
　　　　　才能感动键盘
　　　　才能感动你的温柔
　　去轻轻地把你的美丽打开
　　　让我们赞美春天和大海

祝您晚安

从《诗经》里学习吹奏古箫
请曹植把音色给我调校
七贤竹林下拜师慕习
魏晋南北朝隐逸修道
谱写成公绥的《啸赋》乐稿
传诵在遥远的桂河大桥

让我吹几组口哨
祝您睡一宿好觉
夜来风雨
岂可俯首恸哭
陪伴你的有阿利斯·肖
日出江花
势必仰天长笑
易水河畔歌漫漫风萧萧

远方

夜色很深
很遥远
比夜色更深
更遥远的
是你
对草原的思念

我不知道
该如何来打开
思念的隧道

沿着它
能不能够
用一千年的时间
吟诵一万首长歌
去丈量出它的距离
让诗歌懂得
什么是真正的远方

黑板擦

黄昏是一块黑板擦
把夕阳慢慢地擦掉
光明和希望消失
未留一丝的痕迹
只剩下夜色这张黑板
在寂寞中孤独地沉睡

期待着黎明降临
敲响授课的钟声

创伤

白云有了创伤
才有了细雨苍茫
纷飞的不是心血
是绿草茵茵的理想

青山有了创伤
才有了清泉流淌
倾泻的不是眼泪
是长河滔滔的期望

太阳有了创伤
才有了阳光激扬
抛洒的不是痛苦
是人间缕缕的辉煌

月亮有了创伤
才有了月光流浪
洒落的不是悲戚
是草原茫茫的吉祥

五官

天地给了我五官

我用它来感知人生

感知岁月感知自然

给我一双明眸慧眼

阅遍了斗转星移

天上人间

赠我一张四方阔口

尝过了五味杂陈

离合悲欢

赋我一对敏锐苍耳

听过了四海风云

五洲雷电

送我一只琼瑶玉鼻

嗅过了往事沧桑

千古云烟

镶我两道仰天横眉

悬挂了剑胆琴心

笑对冷暖

风筝线

在每一个清晨
时间毫无倦意
像风筝线
把太阳拉出天际
高高地挂起

阴冷，忧伤，孤寂
都甩在了黑夜里
只留下灿烂的笑脸
映照着希望的大地

想活得简单

想活得简单
只拥有牛羊和草原
沐浴阳光与温暖

想活得简单
只守护绿水和青山
抒写美丽与画卷

想活得简单
只拥抱鲜花和春天
挥别西风与凛冽

想活得简单
只寄托大漠和孤烟
陪伴长河与日月

想活得简单
只描绘苍穹和蔚蓝
装点心怀与原野

想活得简单
只驾驭单车和风帆
告别汽油与金钱

想活得简单
只侍奉老娘和老爹
谢绝远游与离散

想活得简单
只亲近山水和自然
摒弃鼠标与键盘

想活得简单
只向往牧歌和田园
远离喧嚣与勾栏

想活得简单
只孕育忠心和赤胆
扼杀懦弱与背叛

想活得简单
只纵情美酒和缠绵
演绎勇敢与刚烈

想活得简单
只珍惜生命和时间
放弃闲聊与扯淡

想活得简单
只酝酿苍茫和高远
鄙夷渺小与卑贱

杜梨之花　273

想活得简单
只培植樱桃和马兰
根除毒草与蛇蝎

想活得简单
只点燃马灯和心灯
照亮希望与心愿

想活得简单
只懂得缝补和穿线
抛却撕裂与裁剪

想活得简单
只追求珠峰和天险
崇尚高贵与雪莲

想活得简单
只想去天涯和海角
规避凄冷与酷寒

想活得简单
只想乘骏马配银鞍
驰骋天上与人间

裁缝

夜色这块面料
既漆黑
又漫长
时间这个裁缝
舞动手中的剪刀
一分一秒地
裁剪着夜色
每天清晨
用裁剪掉的夜色
不辞辛苦地
去缝制光明

雪与雨的性格和颜色

雪
是天上的云朵
洁白的身躯
直爽的性格
无论在哪里飘落
都不会改变颜色

雨
也曾是天上的白云
多变的性格
随风飘摇洒落
丝滑的身躯软着陆
放弃了原有的肤色

喜欢雪
喜欢雪的耿直
喜欢雪的执着

不喜欢雨
不喜欢雨的圆滑
不喜欢雨的透脱

三伏天与三九天的诗行

三伏天
脑海中偶然产生一些思想
在笔下轻轻流淌成诗行
担心天气太热
蒸发丢失了这些难得的词句
赶紧购买一个冰箱
把它放进去冷藏
希望它长久保持自然的模样

三九天
内心里也会生长一些希望
尚未提笔已冻结成诗行
天气如此寒冷
无法去辨析这些冰凉的辞章
尽快打造一张温床
把它放上去融化
祈愿它慢慢显露美丽的模样

牛背上的春天

春天走来了
骑在牛背上
笑脸长得像太阳
笑容虽然美丽灿烂
但耕牛步履蹒跚
优哉游哉不紧不慢

已经很久很久
没有拥抱温暖
心情有一点迫切
真想打造一列高铁
载着春天和耕牛
快点回到我的身边

遗忘卡

我当然需要更多的银行卡
我当然期盼物质生活更好一些
我当然企望存款位数更多一些
但我更想拥有一张遗忘卡
虽然不能够储存金钱
但能储存我不想失去的一切
能够储存茫茫草原
能够储存白云蓝天
能够储存绿草如茵
能够储存百花争艳
能够储存真善和美
能够储存天真烂漫
能够储存牧歌悠扬
能够储存纯朴无邪
能够储存你想永远拥有的一切
刷一刷卡
就能够找回失去和遗忘的时间
还有快乐的童年
还有如花的青春
还有成熟的季节
还有飞扬的志愿

还有温暖的初春

还有阳光的灿烂

还有雨露的滋润

还有理想的璀璨

还有你不想失去的所有的岁月

和所有岁月里的一切

一切的抱负和信念

快递一个春天到月宫

月宫有一个冷僻的名字叫作广寒
月宫没有鲜花绽放在温暖的春天
月宫里只生长着不开花的桂花树
孤独的嫦娥常坐在树下眺望人间
人间的春天无花不开争奇又斗妍

我打算先快递一个人间的早春二月
然后再快递一个更加明媚的阳春三月
连同盛开的桃花杏花甚至所有的鲜花
都寄往遥远的月宫的庭院
让嫦娥徜徉在美丽的花海自由而烂漫

港口

远看是座港口
近看是你的心头
往事都是船舶
曾经在港口停留
如今都已挥手远去
告别了昨日的春秋
有些船升起风帆
驶向大海的深处
有些船开足马力
回归内陆的河流
港口很寂静
沧桑而孤独

一缕阳光从我手心滑落

一缕阳光
从我手心滑落
我没有攥紧手掌
因为我知道
草原的小草很凄冷
更需要她

一滴雨露
从我唇边滴落
我没有用力吸吮
因为我知道
田野的花儿很饥渴
更需要她

一声雁鸣
从我耳际掠过
我没有收进耳郭
因为我知道
故乡的牛羊很寂寞
更需要她

一抹彩虹

从我的眼前飘过

我没有纳入眼底

因为我知道

天空的颜色很单调

更需要她

零落的树叶

春天里
生机勃勃
人间像花园
那么美好
田野里
万物生长
一棵柳树垂挂着柳叶
一棵诗树垂挂着诗句
那是诗人生长的思想

一阵雁鸣
秋天来临
吹来萧瑟的秋风
诗树不停地摇曳着
摇曳着一行行诗句
不管成熟不成熟
都零落到地上
像极了柳树的叶子
颜色枯黄
大小不一
虽然风雨吹打着
但是模样却很坚强
一个园丁走过来
把这些诗句拾起来

打包成捆

一捆喂给牛羊

让它们肥壮

一捆留给春天的土地

让它们滋养春光

一捆寄给未来

告诉它，诗树啊

曾经也遇到过真善美

也追求过美丽和希望

阳光，美丽的头发

每天早上
太阳起床
轻抚仪容
对镜梳妆
梳一梳自己金色的头发
总会掉落千丝万缕阳光
每一缕都生机勃勃
像掉落美丽的希望

一缕掉落在田间
禾苗便会茁壮
一缕掉落在草原
牛羊便会成长
一缕掉入辽阔的大海
便会澎湃理想
一缕掉入东去的江河
便会流淌忧伤

一缕掉入诗人的眼眶
便会眺望浪漫的远方
一缕掉入游子的心头
便会思念遥远的故乡
一缕掉至史家的笔尖
便会书写崭新的篇章

一缕掉至高扬的风帆

便会开启光明的远航

天地有个向往

向往太阳辉煌万丈

人间有个祈愿

祈愿太阳光芒悠长

有掉不尽的头发

有洒不完的阳光

永远永远年轻

永远不会沧桑

诗歌是一股清泉以及其他

诗歌是一股心灵的清泉
流淌在绿色苍茫的草原

诗歌是一只思乡的鸿雁
流连在蔚蓝纯净的天边

诗歌是一阵含羞的细雨
洒落在故乡美丽的春天

诗歌是一束自由的金莲
绽放在牧人辽阔的心间

诗歌是一缕袅袅的炊烟
映入游子那回望的眼帘

诗歌是一段难忘的初恋
铭刻在青梅竹马的童年

诗歌是一片塞外的烽烟
飘摇在金戈铁马的边关

诗歌是一张理想的风帆
高扬在大洋远航的彼岸

诗歌是一夜柔情的温暖
赠予嫦娥那栖居的广寒

诗歌是一枚宁静的茶叶
沉浮在淡泊明志的茶盏

诗歌是一程羁旅的酣眠
沉睡在古色古香的客栈

诗歌是一个爱情的灵感
拨响了千年不遇的琴弦

诗歌是一轮红日的灿烂
辉煌了李白经典的浪漫

诗歌是一道月光的璀璨
照射了杜甫鞭挞的黑暗

冰面上的陀螺

一个自由的陀螺
热爱冰封的湖泊
旋转着亲吻冰面
拥抱欢乐的时刻

无惧无情的鞭打
无惧肆意的挞责
鞭挞得越是凶狠
旋转得越是欢乐

一个勇敢的陀螺
挑战失衡的生活
找准天地的定位
决不犹豫和畏缩

面对岁月的冷酷
理想变成了陀螺
坚持内心的追求
笑对人生的坎坷

冷静的冰河

在数九寒天的时节

当酷寒和严冬到来以后

河流是那么冷静

不再喧哗

默默地一言不发

轻蔑地注视着

寒冬的肆意妄为

只是它的身躯有了变化

变得越来越坚硬

越来越坚固

越来越坚强

似乎要抗争

与这寒冬抗争到底

这坚强而冷静的冰河啊

不在沉默中死亡

就在沉默中爆发

寒夜中

万物都静悄悄地

静悄悄地期待着

期待着冰河的暴发

暴发的那一刻

像火山爆发一样
天崩地裂
冰融雪化
一飞冲天
喷涌出一个春天
花开春暖

驼盐古道的神泉与神树

我不知道

天涯的尽头是不是乌兰布和

我只知道

驼盐古道的尽头是神泉与神树

清泉，原本不是天堂里的泉水

大树，原本不是神话中的大树

大树站在风中

清泉躺在荒野

只是乌兰布和存在生命的一种奇迹和象征

只是沙漠深处抗争命运的一对战友和伴侣

成为驼队翘首以盼的目标和希望

成为盐商矢志追求的风景和理想

从此在驼铃的阵阵诉说中

从此在盐商的口口相传中

清泉，就成了神泉

大树，就成了神树

我也不知道

究竟是神泉滋养了神树

还是神树成就了这神泉

它们成为风景

它们成为偶像

让乌兰布和悄然肃立
让香客盐商朝觐仰慕

我只知道
大树和清泉手挽着手
相互谦逊地说
你给我一汪清泉
我就长成一棵大树
我茁壮成一棵神树
必定把神泉你庇护

我只知道
神泉与神树相濡以沫
不离不弃
生死相护
感动了南来北往的盐商和朝觐者
写下一篇又一篇讴歌生命的诗书

梭梭林之歌

梭梭林生长在驼盐古道旁
活着时歪七扭八其貌不扬
却象征着乌兰布和生命力的顽强
死后,不愿去做雕梁画栋
甘愿点燃自己燃起熊熊篝火
在茫茫沙海中
照亮乌兰布和的夜空
成为驼盐古道闪耀的灯塔
指引驼队一路前行

梭梭林抗击着肆虐的骄阳
活着时竭力舒展自己单薄的枝叶
为驼队盐商歇息提供一丝阴凉
死后,也不愿做袖手旁观者
甘愿奉献自己堆起肯特敖包
勇敢地把普度众生的使命担当
在漫漫归途中
呈现乌兰布和的吉祥
护佑天骄的灵魂回到故乡

假如你内心有什么美好的向往
不要彷徨
就去乌兰布和的深处
种植一棵梭梭木吧

它会帮助你实现你的愿望

假如你人生有什么无解的迷茫
不要惆怅
就去驼盐古道的路旁
为肯特敖包添一棵梭梭木吧
它会护佑你实现你的理想

七棵树

走进乌兰布和的深处
遇到了神奇的七棵树
棵棵生长得坚韧顽强
瞬间移植在我的心头

一棵树就是一种奇迹
一棵树就是一季春秋
一棵树就是一个神话
一棵树就是一篇诗书

躯干挺拔着勇敢自由
枝叶蓬勃着浪漫无忧
双脚深深扎根在沙漠
不曾诉说忧伤和孤独

家园是黄金般的沙丘
放牧着血红色的野牛
秋风吹落了一粒树籽
期待来年森林的丰收

树与风

树与风
格格不入
树欲静
而风不止
风在诉说着
自己飘忽不定的感情
而树却无心倾听
只关心自己的枝叶是否繁茂
遮蔽了多少阳光
荫翳了多少脚下的土地
风肆意宣泄自己的情绪
用喋喋不休的言语
刻意表达自己的存在
忽东忽西
无孔不入
穿越树隙
摇曳着树的枝叶
试图显示自己的滥情和力量
但是
树依旧很坚定

风摇曳着她的枝叶

却无法撼动她执着的内心

风止时

树依旧岿然不动

而风不知是不是因为羞愧

早已消失得无影无踪

骆驼之歌

走进乌兰布和

苍天在上

我不知道

是谁把苍天哺育得那么苍茫

苍茫而茁壮

护佑着驼盐古道

平安吉祥

我只知道

骆驼，特别是那双峰驼

像沙漠之舟

漂泊在乌兰布和

摆渡在驼盐古道

历经苦难坎坷

历经荒凉沧桑

坚韧不拔

忍饥耐渴

默默跋涉

咬牙坚持

行万里路

驮千斤盐

没有丝毫抱怨

没有丝毫畏缩

陪伴她的只有大漠孤烟

以及一串串的驼铃声响

杜梨之花

她，是我崇拜的楷模

她，是我学习的偶像

只有一点

我百思不得其解

驼峰像一对丰满挺拔的乳房

为什么却长在了背上

乌兰布和对我说

苍天虽然高高在上

却是骆驼的孩子

他也需要哺育

骆驼背上的双乳迎着太阳

方便了对苍天的喂养

雨后的乌兰布和

雨后的乌兰布和
光洁如洗
璀璨如金
昨夜的风声雨声很大
虽然已经远去
但是湮没了一切
所有能够湮没的
沙漠中历史的足迹
驼队，驼铃，驼盐古道
烽烟，烽火台
神话，传说，边塞诗歌
戍边的将士，吟游的诗人
这历史性的一刻，只有两个幼童
披着灿烂的阳光
光着小脚丫一路走来
足迹留在沙漠上，纯真如画
描绘着崭新的历史
那一串串脚印那么鲜活
看上去像一首首诗歌
那是对新的生命的赞歌
乌兰布和的诗歌属于孩子
乌兰布和的生命属于孩子
乌兰布和的未来属于孩子

飞翔的梦

阳春三月，阳光灿烂

和煦的春风徐徐吹来

红嘴鸥在乌海湖畔翩翩飞舞

追逐着自己的梦想

我陪伴着双胞胎外孙女

快满三周岁的四月和小七

来看逐梦的红嘴鸥

在湖畔尽情地嬉戏

小姐妹俩手里都舞动着吹气泡泡玩具

不时地鼓起小嘴吹起一个个泡泡球

随风飘荡着，随风飞舞着

追逐着飞舞的红嘴鸥

四月和小七欢快地奔跑着

追逐着一个个随风起舞的泡泡球

泡泡球越飞越远，越飞越高

在一刹那间，泡泡球破灭了，消失了

但是，红嘴鸥依然在空中飞舞着

小姐妹俩怅然若失，眼里噙着泪水

泡泡球破灭了，像红嘴鸥一样飞翔的梦破灭了

小姐妹俩柔软的心一定是很痛的

面对此情此景,我也若有所思
孩子追逐飞翔的梦永远不会破灭
已在幼小的心灵深深地扎了根
扎根在憧憬美丽天空和远方的心灵深处

杜梨之果

黄河，我的母亲河

天上飞来一首歌
赞美着我梦中的母亲河
你哺育了古老的中华民族
经历了多少悲欢离合

你酿就了强秦的兵马气魄
筑就了盛唐的长城楼阁
送去四海细雨和风
迎来五洲睦邻宾客

天上飞来一首歌
颂扬着我心中的母亲河
你滋润着辽阔的神州大地
书写了无数英雄传说

你浇灌着神奇的五色沃土
润泽着美丽的江河湖泊
源流自青藏山峰巍峨
浪涌于西沙椰林婆娑

天上飞来一首歌
传颂着我梦中的母亲河
你孕育着不屈的伟大精神
塑造着民族的坚强性格

你演绎了东方的神话史诗
渲染了图腾的多彩画色
风起云涌波澜壮阔
长征奋斗纵横捭阖

天上飞来一首歌
吟唱着我心中的母亲河
你激荡着华夏的文明血脉
浸透了千古不朽的史册

美丽幸福是你流淌的心愿
复兴使命在我心中铭刻
天地长久与你同在
日月生辉与我同贺

祖国吉祥，母亲安康

高高举起祝福的金杯
沉淀着七十年的风霜
深深绽放慈祥的笑脸
镌刻着七十年的沧桑
铺满金戈铁马的长街
演绎出七十年的雄壮
伫立血色凝重的红墙
抒写了七十年的荣光
流淌你我酝酿的泪水
汇集讴歌赞美的海洋
挥洒你我裁剪的诗行
编织普天同庆的霓裳
捧出那蓝天般的哈达
祈祷世世代代的吉祥
放飞那白云般的哨鸽
鸣响千年万载的安康

端午遐思

用粽叶包裹一个太阳
　放流昨日的河江
　让屈原分享光明
　　今日的辉煌
　　曾经的梦想
　没有黑暗和悲怆

让龙舟搭载一个故乡
　划向诀别的地方
　请屈原分享美丽
　　曾经的希望
　　今日的风光
　没有忧愁和离殇

端午的眼泪

汨罗江的思念在长天的眼眶中萦绕
端午飘落的雨滴像悲愤忧郁的离骚
古老的民族唱诵着走过漫漫的长路
祭日上铭刻着上下求索精神的符号

离骚的眼泪打湿了手中沉重的史料
忧国忧民的灵魂撞击心头浩然长啸
历史的长河流淌着一脉相承的理想
端午节矗立着不屈不挠前行的路标

游子与母亲

是谁失手在草原上打翻了天堂多彩的颜料瓶
让春风飘远的故乡五彩斑斓如此地美丽纷呈

是谁伫立在蒙古包前翘首张望像沧桑的母亲
让远方近乡的游子泪水喷涌瞬间模糊了眼睛

是谁徜徉在白云下歌唱着童年像自由的百灵
让时空用深沉的笔墨在蓝天凝固了她的声音

是谁悄悄在夜色中给别离的行囊放进了爱心
让游子用抒情的诗句把她的祝福铭刻在心中

海市蜃楼

睡在诗歌里

做了一个梦

梦见了海市蜃楼

楼台上

李白仰首赋诗

诗里盛满烈酒

吟一行豪情万丈

醉洒千秋

诵两句沧海桑田

岁月悠悠

城郭下

杜甫奋笔疾书

诗中装满悲忧

翻一页烽火连天

国恨家仇

读两篇山河常在

泪水长流

朝天椒

生在歌乐山下
绽放五色鲜花
结出刚烈之果
誉满海内天涯

在火锅里翻煮
在沸油里煎炸
血色依然鲜红
气节依然火辣

挥别朝天码头
东出长江三峡
五洲一日不同
千秋不再还家

今朝漫江红遍
昔日热血抛洒
仰望朝天宫阙
泪沾祭奠诗话

农民工老张之歌

迟暮的岁月

孤旅他乡

承担起明天的憧憬与希望

弯曲的脊梁

咬牙坚强

驮载着脱贫的幸福与梦想

辛劳的汗水

冬夏流淌

洁净了城市的姿容与风光

圣洁的灵魂

瞬间曝光

记录下劳动的伟大与高尚

茶叶之歌

遥远的东方是美丽的家乡
古老茶树牵挂茶叶的茁壮
吸吮着天地间的千年精华
沐浴着慈母般的万缕阳光

驼盐古道曾传来铃声悠扬
丝绸之路慢慢地通向远方
那枚碧绿青翠的神奇树叶
赠给世界沁人肺腑的茶香

茶树沧桑曾遭遇风雨洗礼
茶香中也曾弥漫苦难悲伤
自从那一年茶园换了人间
茶树便枯木逢春崭露芬芳

"一带一路"演绎新的辉煌
茶香也漫溢在太空核心舱
让神奇的树叶继续着神奇
古老民族闪耀不朽的荣光

哲学家的任务

把一块香脆的大饼

抛向饥寒的大众

把一滴酝酿的雨露

洒向干涸的土地

把一丝温暖的春风

吹入严寒的草原

把一缕灿烂的阳光

照进幽暗的心底

把一束金色的玫瑰

献给思考的灵魂

把一河澎湃的流水

送给溯源的锦鲤

把一生无穷的智慧

赠予宇宙的探索

把一世生命的来去

留给追求的真理

你怎么走得那么早

——致鲁迅

你怎么走得那么早
当年你舍弃医治疾病的手术刀
拿起犀利的笔把国民灵魂做解剖
如今是否还需磨砺它尖锐的锋毫

你怎么走得那么早
抛下一个典型人物祥林嫂
抨击控诉吃人的封建礼教
沉重的话题至今让我们警醒思考

你怎么走得那么早
鲁镇里还有痼疾等待治疗
自欺欺人者尚未绝迹
亟待给他们开方配药

你怎么走得那么早
狂人日记记得越来越少
批判和讽刺的文学有些孤寂
百花园中也需要野草

你怎么走得那么早
精神胜利法是阿Q的发明创造
演绎了画不圆一个圈的人生悲剧

今天要让法律去给他主持公道

你怎么走得那么早

孔乙己数着茴香豆穿着破袍

腿被打断还之乎者也地嘤咛

这样扭曲的人物谁再能塑造

你怎么走得那么早

让藤野先生多寂寥

三味书屋需要扩建装修

世人仰仗你身先士卒尊师重教

你怎么走得那么早

痛打落水狗的精神有点稀少

战斗正未有穷期

我们的匕首和投枪越多越好

你怎么走得那么早

何日再聆听百草园里的虫鸣蝉叫

儿时的伙伴还在等着捉迷藏

润土又默默地给你送来仓鼠知了

你怎么走得那么早

你毫不彷徨地去把雷峰塔推倒

决不再回祖屋的温床去睡一觉

成为先进阶级的伟大代表

你怎么走得那么早
瞿秋白最后的话写在拂晓
你是黑夜里的那一线光明的地址
那时还能托谁把一颗心收下转交

你怎么走得那么早
把你的爱和情深深埋在南腔北调
假如朋友在黎明前离开了你
你会取出一首刀丛小诗把他哀悼

你怎么走得那么早
记得抗日的烽火在燃烧
延安收到你寄送的贺电和书报
激励着将士吹响那血战的号角

你怎么走得那么早
生命诚可贵，爱情价更高
若为自由故，二者皆可抛
裴多菲的礼赞恰似你一生的写照

你怎么走得那么早
开国大典的礼花绽放在云霄
不见你刚毅的面庞与坚挺的脊梁
天堂传来了你欣慰的欢笑

你怎么走得那么早
赠给我们多少醒世警句光芒闪耀

诚信为人之本一条又一条
今天读来它们是多么珍贵和崇高

你怎么走得那么早
我多想陪你在新世界走走瞧瞧
拾煤渣的老太婆不再穷困潦倒
家园里种满了芳香四溢的兰花草

你怎么走得那么早
百姓的一件小事你都记得那么牢
黄包车师傅如今已坐上了高铁
带你逛逛河山多么快捷多么自豪

你怎么走得那么早
旧制度豢养的豺狼已被埋葬掉
仍有邪恶在觊觎着大众的小阿毛
救救孩子仍然需要去呐喊去咆哮

你怎么走得那么早
古为今用洋为中用虽不深奥
取其精华去其糟粕
再让谁来解读拿来主义旨要

你怎么走得那么早
朝花夕拾落英飘飘
温暖的亲情故园的风景
谁能再把她抒写得惟妙惟肖

你怎么走得那么早
年轻的子君和涓生已夕阳西照
似乎悟出了爱情和生活的真谛
年年在虹口联袂把你凭吊

你怎么走得那么早
留下海婴漂流在大海的波涛
海婴的海婴至今也已很老很老
你精神的浪涛一浪更比一浪高

你怎么走得那么早
民族魂是永远传承的珍宝
我们年轻的身体已很强健
吸取你精神的营养更为重要

你怎么走得那么早
为了忘却的记念我们都快忘掉
你却像孺子牛把历史在风中牵引
飘扬成一面旗帜让我们为你骄傲

匕首与投枪

一个鲁迅
两个读者
同样的匕首与投枪
有不同的价值取向

在鲁迅的文字里
可以读取一把匕首
用崇仰的目光把它磨光
高高地悬挂在厅堂
虔诚中燃起祭拜的烛蜡
装点了书香门面大雅不伤

在鲁迅的文字里
也可读得一支投枪
让战场的硝烟把它磨砺
露出更犀利的锋芒
呐喊中摒弃丝毫的温情
人性痼疾是他批判的靶向

鲁迅还是那个鲁迅
严肃中透出期待的目光
但愿匕首走出厅堂
跟随投枪一同走上沙场

鲁迅墓前的两棵玉兰树

站在鲁迅的墓前
看到两棵树
一棵是广玉兰树
另一棵也是广玉兰树
开花了
一棵开的是玉兰花
另一棵开的也是玉兰花
结果了
一棵树主枝上结的果应该是匕首
侧枝上结的果实也是匕首
另一棵树主枝上结的果实应该是投枪
侧枝上结的果实也是投枪
一把匕首可以入药
另一把匕首也可以入药
一支投枪可以疗伤
另一支投枪也可以疗伤
身躯顽症可以刮骨疗毒
精神痼疾也可以药到病除
无论匕首和投枪
来摘果实的有患者
无论投枪和匕首
来瞻仰的也有朋友

两棵枣树

一座古老的四合院已被不幸拆除
旧址上建筑了一栋栋崭新的高楼
钢筋和水泥看上去是那么地苍白
没有灵魂好像只剩下躯壳的木偶

院子里曾经种着两棵葱郁的枣树
一棵结出过人生鲜活的文学情愫
另一棵结出过鲁迅笔下典型人物
如今一并被连根拔起歪倒在街头

那天凄凉的秋风扫过肃杀的马路
天上下起了冷雨下着悲伤和哀愁
我偶然路过一片狼藉的拆迁现场
把两棵枣树拾起来装在心头带走

我的心头还有拆不走的文学热土
希望两棵枣树能得到新生和自由
只要枣树生长出嫩芽和结下果实
即使我流浪街头也不是一无所有

说给鲁迅的话

你曾经生活在白天
如今却像睡在夜晚
你的身体死去了
葬在了虹口公园
你的思想依然还活着
始终跳动在我的心间
你的武器没有生锈
却躺在杂文博物馆
我不想只当文学看客
也不想看冷兵器展览
只想取一支投枪和一把匕首
去呐喊
去战斗
去刺破人性痼疾的黑夜
黎明欢欣鼓舞
一缕阳光灿烂

笔

曾经紧紧握着你
锋芒那么犀利
刺破了黑夜
所向无敌

当阳光照耀大地
你把温暖记忆
铺开了长卷
诗情洋溢

当键盘敲响耳际
鼠标灵巧便捷
你解甲归田
高高挂起

战斗尚未有穷期
家园愈加美丽
你岂可忘却
直抒胸臆

消失的碱湖

在烈日炎炎的季节
我去寻觅我的童年
她曾生长在草原
在那泓美丽的碱湖中
欢快地荡漾
我不承想
回到了草原深处
看见记忆中的那泓碱湖
已经干涸
湖底被挖掘得那么深
像一个烧伤的伤疤
极其丑陋
我感到茫然和焦渴
买来一瓶汽水
冒着串串的气泡
一口气把它喝完
仰头的那一刻
看到污浊的天空
一只受伤的大雁飞过头顶
发出几声哀鸣
仿佛是在对我说
不要再浪费时间了
你的童年刚刚被你喝掉
就是那瓶汽水中
冒着泡泡的小苏打

乌兰布和之殇

雨后沙漠

乌兰布和

沐浴温暖的阳光

风吹戈壁

长河两岸

弥漫温馨的花香

蓝天白云

一架客机

飞翔在云霄之上

红日黄沙

几峰骆驼

徘徊在游乐场

骆驼抬头仰望

仿佛看见乘客喝着咖啡

加着奶茶和糖

机长把控着飞机和航向

穿越历史

面朝太阳

掠过了丝绸之路

告别了西汉盛唐

眼神里充满了希望

机长低头俯瞰

始终难觅驼盐古道踪迹

重温历史沧桑

只有骆驼委屈驮着游人
　　　步履蹒跚
　　消磨美丽时光
　　远离了历史重任
　　辜负了羽衣霓裳
　　眼神里充满了悲伤

低调的雪花

你的六角雪花虽然美丽

但你以前却是那么低调

每次来访这个世界

从不提前打招呼

总是不声不响地

悄悄地静静地

飘落人间

每当早晨醒来

世界一片银白

寒冷的草原覆盖上一床棉絮

给了我很大很大的惊喜

但是为什么

你现在变得这么高调

来之前都要打个招呼

告知气象台

告知气象学家

早早地通报人间

掐着时间

按天气预报准时驾到

就差让草原为你燃放欢迎的鞭炮

让我再不会心生惊喜
怎么说呢
我还是喜欢从前的你
喜欢低调的你
喜欢你的不期而至

湖水中的影子

夕阳西下
独自走在湖畔
影子掉进了湖里
又斜又长
似乎很了不起
一条小鱼游过来
轻轻地咬了一口影子
瞬间我便失去了
水中的自己
岸上的我羞愧不已

进化的石鸡

我很早就出走了
离开乡村时
离开田间时
离开原野时
石鸡已经很稀少了
它们比我更早地出走了
离开了乡村
离开了田间
离开了原野

最近，乡亲们来信说
回来看看吧
石鸡进化了

既然进化
自然有前世和今生
我当然知道了
石鸡有它的前世
辛酸悲苦令人唏嘘的前世

石鸡的前世
曾经是一种难得的野味
曾经是一道极品的佳肴

曾经是一款寒冬腊月筹备的年礼
曾经是一碟款待来客的下酒小菜

如今我回来了
但是石鸡比我更早地回来了
比我更早地回到了乡村
比我更早地回到了田间
比我更早地回到了原野

我重新看到了
看到了久违的石鸡
当然也看到了石鸡的今生
无忧无虑令人欣喜的今生
进化了的今生

石鸡的今生
如今是一种受保护的雉鸡
如今是一群欢乐的精灵
如今是一道悠闲的风景
如今是一个亲密的朋友
我不知道
进化的是石鸡
还是人类自己

草原心语

我家住在辽阔的草原
一座洁白美丽的毡房
每天晚上都可以仰望星空
毡房顶上开着硕大的天窗
毡房里总是熬煮着沸腾的奶茶
夜空里总是飘荡着一缕缕清香
一缕清香献给了天地和祖先
一缕清香送往了凄冷的月亮
夜深人静时我也总会摆下一桌酒菜
邀请月宫里辛苦伐木的吴刚来做客
酒酣耳热时我甚至还会邀请他
快来草原种植花草或者是牧羊
草原有天地人间最自由的乐园
还有广袤无垠辽阔无比的牧场
辞掉广寒宫里那个伐木的工作吧
桂花树也期待着快乐自由地生长

三月里桃花盛开

草原的三月里

寂静温柔的夜

我沉入梦乡

做了一个梦

梦的颜色雪白

像新娘婚纱的颜色

黎明时分

忽然一阵春风吹来

吹醒了雪白的梦

我睁眼四顾

原来是一朵朵桃花

如新娘一般美丽地盛开

期待着，去武大看樱花

念过几年书但没有读过武大
早就听说武汉大学是著名学府
校园里还有一条樱花大道
每当春暖花开的时节
都会开满烂漫的樱花
樱花树下
会挤满赏花的少女
脸上荡漾着美丽的笑容
正如鲁迅笔下所描述的
像绯红的轻云
像树上那些花朵的颜色
出于这个情结
我一直有个未了的心愿
想去看看武大
想去赏赏樱花
女儿常常会开我的玩笑
老爸啊老爸
你是想去看武大的樱花
还是想去看少女
脸上绯红的轻云
过去我静默无言
羞于回答
今年已经立春
春寒却扑面而来

我去看望武大的心愿更加迫切

想早点知道

那些樱花树是不是安好

那些樱花是不是正在萌芽

那些少女是不是还会如期去赏樱花

今天我很勇敢

大胆地告诉女儿

我惦念着那些樱花

也牵挂着少女脸上绯红的轻云

我希望，我也坚信

春寒一定会消散

我要早点去看望武大

早点去欣赏樱花

当然

我想那一刻

我一定会见到那些纯真的少女

像见到我美丽的女儿一样

那时

我们的笑脸都会那么灿烂

都会挂满绯红的轻云

颜色肯定像那盛开的樱花

杜梨啊杜梨

当杜梨树开满了繁花
你我相约在杜梨树下
我望着你美丽的眼睛
终于说出了心底的话
　　让杜梨做证
　　今生今世啊
我们心连心手牵着手
迎着朝阳走遍那天涯

一场风暴袭来又雨打
打落了满地的杜梨花
风暴也吹散了你和我
永恒的爱情终成虚话
　　杜梨啊杜梨
　　你是否知道
我的爱人流落在何方
在哪里才能够找到她

　　杜梨啊杜梨
　　请告诉我吧
我的爱人漂泊在何方
去哪里才能够找到她

　　杜梨啊杜梨
　　请告诉我吧
我的爱人流浪在哪里
什么时候才能找回她

杜梨之果

人间四月姐妹花

千树万树

一朵又一朵梨花

热烈地绽放

人间四月天

仿佛飘洒着

一望无垠的飞雪

似一对对姐妹花

手牵着手肩并着肩

那么亲密

那么美丽

那么圣洁

梨树的枝头弯曲着

似乎难以承接

这么沉甸甸的幸福

裁缝心语

我想裁剪

四季中最美好的日子

把她缝制成

最美丽的四月

让她成为你的生日

我想裁剪

草原上最青翠的绿色

把她缝制成

最自由的摇篮

让她成为你的家乡

我想裁剪

《诗经》中最优美的诗句

把她缝制成

最动人的诗行

让她成为你的名字

我想裁剪

阳光里最灿烂的光芒

把她缝制成

最辉煌的愿景

让她成为你的希望

我想裁剪

楚辞中最典雅的辞章

把她缝制成

最抒情的辞赋

让她成为你的心曲

我想裁剪

春天里最温暖的春风

把她缝制成

最神圣的理想

让她成为你的远方

我想裁剪

人世间最善良的祝福

把她缝制成

最光明的未来

让她成为你的明天

我想裁剪

天地间最无私的挚爱

把她缝制成

最辽阔的疆域

让她成为你的天堂

借我一缕温暖的阳光

借我一缕温暖的阳光
让我诗意地编织
最华丽的霓裳
送给人间的四月
护佑她抵御风寒
茁壮成长

借我一缕温暖的阳光
让我尽情地编织
最坚强的翅膀
赠给人间的四月
护佑她展翅高飞
追求理想

借我一缕温暖的阳光
让我欢乐地编织
最美丽的希望
送给人间的四月
陪伴她彩绘明天
走向远方

借我一缕温暖的阳光

让我幸福地编织

最璀璨的梦想

赠给人间的四月

陪伴她雕塑未来

营造天堂

压岁钱

过年了
孙子带着自己的孩子
去给自己的爷爷拜年
爷爷年龄大了
忘记了给孩子压岁钱
孙子给自己的父亲说
我很小很小的时候
爷爷曾给过我好多好多的压岁钱
现在我爷爷忘记了
给我的孩子祝福平安
父亲说
你爷爷已经把他失去的
比金钱更宝贵的岁月串起来
挂在他的心头
为孩子们祈福祈愿
父亲还说
我也正在把自己失去的
比金钱更珍贵的时光串起来
挂在我的心头
为孩子们驱魔辟邪

最美人间四月天

最灿烂的阳光都照射在四月
最湛蓝的蓝天都镶嵌在四月
最洁白的白云都飘荡在四月
最温暖的季节都拥抱在四月
最和煦的春风都吹拂在四月
最滋润的雨露都滴落在四月
最璀璨的彩虹都横跨在四月
最伟岸的高山都矗立在四月
最辽阔的大海都磅礴在四月
最苍茫的草原都舒展在四月
最清澈的湖水都荡漾在四月
最翠绿的芳草都萌芽在四月
最娇艳的花朵都盛开在四月
最多情的海鸥都飞舞在四月
最忠诚的鸿雁都传书在四月
最妩媚的杨柳都摇曳在四月
最欢欣的喜鹊都高歌在四月
最吉祥的哈达都奉献在四月
最悠扬的琴声都拉响在四月
最浪漫的舞蹈都翩跹在四月
最醇厚的美酒都畅饮在四月
最美丽的诗篇都抒写在四月

最美好的未来都祝福在四月
最理想的蓝图都描绘在四月
四月就是人间最美丽的今天
四月就是人间最美丽的明天
四月拥抱人间最美丽的今天
四月拥有人间最美丽的明天

童年的礼物

我想燃起情感的热烈

升腾一颗不落的太阳

今天早晨送给你

让你的童年永远蓬勃而灿烂

我想挥洒身躯的血液

渲染一抹鲜红的朝霞

今天早晨送给你

让你的童年绽放七彩的笑脸

我想喷涌心底的温暖

鼓起一缕和煦的春风

今天早晨送给你

让你的童年沐浴美丽的春天

我想吸取灵魂的纯洁

编织一片无私的草原

今天早晨送给你

让你的童年漫步绿色的天边

海鸥和孩子们

湖水轻轻地荡漾
海鸥亲吻着缕缕阳光
在湖上自由自在地飞翔

孩子们蹒跚学步
在湖畔流连认真观望
模仿着海鸥飞翔的模样

海鸥对孩子们说
我赠给你们一袭羽衣吧
我们一起去美丽的远方

孩子们对海鸥说
我们不要赠予
要自己长出理想的翅膀

雏鹰的春天

寒冷中
一只雏鹰
蜷缩在巢穴
渴望温暖
雄鹰从远方飞来
给她衔来一个春天

雏鹰在春意中长出了
绿色的羽毛
强健了身躯
练就了翅膀
终于飞上了蓝天
一同离开的
还有温暖她的春天

长大的雏鹰有个心愿
想知道春天来自哪里
想去寻访她的家园
追思温暖的源泉

雄鹰陪伴雏鹰飞向远方
千里迢迢
苦旅漫漫
那里覆盖着一片冰雪

雏鹰顿时泪水涟涟
从此懂得了
春天并不遥远
它就是雄鹰给予她的温暖
还有无私的奉献

草原的勒勒车

勒勒车滚动在
辽阔无垠的草原之上
车轮亲吻着
祖祖辈辈生活的地方
一路花草芬芳
一路歌声悠扬

爷爷坐着它喝过烈酒
车里曾倚放
硝烟未烬的猎枪
阿爸坐着它倒过牧场
车里曾满载
逐水而居的毡房
我也坐过它放牧牛羊
走过了春夏
沐浴温暖的阳光
如今阿爸们都已下车
我也下了车
默默地祝福瞭望

勒勒车向前

车轮依然滚动着

没有停留

没有彷徨

草原的孩子们

坐着它慢慢走向远方

远方充满理想

远方平安吉祥

善良与梦想

茫茫草原上
牧人的孩子
嗅着青草香
耳听湖水拍岸响
慢慢地长大
茁壮得像牛羊
汲取了草原的纯净
和牛羊的善良
热爱春风
渴望曙光
每天清晨都把胸怀敞开
紧紧地拥抱鲜红的太阳

夜空下
湖水旁
长大的孩子
轻轻把歌唱
拉响马头琴
琴声悠扬
催眠草原
抚慰牛羊

寂静湖水入梦乡
梦乡里有个美丽梦想
追求光明
渴望星光
每个夜晚都去放飞月亮
让草原洒满皎洁的月光

酒风

爷爷喝酒啊

像端起千年的酒樽

敲响穿越时光的钟声

祖母喝酒啊

像挽起远古的灵魂

抚慰激荡日月的天空

阿爸喝酒啊

像唤醒草原的青春

拉响了心爱的马头琴

阿妈喝酒啊

像安抚有灵性的牛羊

漫步在碧绿的草丛中

阿姐喝酒啊

像放飞青翠的百灵

歌声穿越飘逸的白云

阿哥喝酒啊

像骑士去远征

奔腾追逐大漠的雄风

壮士喝酒啊

像伫立于峻峭山峰

欲展翅翱翔的雄鹰

孩儿喝酒啊

像眷顾血脉的亲情

敬天敬地高举起酒盅

钟爱生命的颜色

所有的生命
都会绽放出花朵
所有的花朵
都有钟爱的颜色
苍天钟爱青色
大地钟爱黄色
云朵钟爱白色
火焰钟爱赤色
柑橘钟爱橙色
玫瑰钟爱红色
大海钟爱蓝色
草原钟爱绿色
太阳钟爱紫色
月夜钟爱黑色
彩虹钟爱七彩色
光波钟爱原色
我钟爱所有的生命
绽放的花朵
我钟爱他们钟爱的
所有的颜色

小寒时节与孩子的脚步

在寒冷的小寒时节

低温能够让西风凛冽

能够让凛冽的西风凝固

却不能够凝固流淌的时间

更无法阻挡时间前行的脚步

时间前行的脚步一刻不停歇

在西风中无所畏惧

坚定而果敢

一步步走向春天

一步步走向温暖

在寒冷的小寒时节

低温能够让河流凝固

能够让河水的表面冻结

却不能冻结孩子的成长

更不能阻挡孩子滑行的脚步

孩子滑行的脚步一刻不停歇

在冰面上欢乐自由

蹒跚而沉勇

一步步滑向成熟

一步步滑向明天

孩子与冰车

一个最寒冷的冬天
一辆冰车欢声笑语
自由自在地滑行
在湖泊最抒情的冰面
冰车很小又很简陋
却承载着年幼的孩子
快乐的童年
和未来的世界
冰车的速度越来越快
朝着彼岸
朝着明天
朝着理想
彼岸花开春暖
明天阳光灿烂
理想风光无限

新年从早市开始

新年的钟声午夜敲响之后
庆祝狂欢的人们都已安睡
一直到拂晓城市还未醒来
那鲜红的太阳也没有起床

半夜醒来起床的是个菜农
急匆匆地驱赶着一辆驴车
拉着刚刚收获的新鲜蔬菜
走在黎明前城郊的小道上

新年要有新的气象和希望
新年新的生活真正地开始
不是午夜时分的载歌载舞
而是清早城市开张的菜市

没有参加狂欢的菜农明白
午夜的欢庆他可以不参加
但是早市上却不能没有他
和他带来的一车新鲜蔬菜

新年从午夜开始

午夜已经敲响了岁月新旧交替的钟声
首先迎接新年悄然降临的既不是黎明
也不是东方欲晓冉冉升起的那轮朝阳
而是诗人在黑夜里去寻觅光明的眼睛

首先迎接新年的其实不是诗人的眼睛
最早的是起早贪黑辛勤劳动的环卫工
是他们擦亮了诗人去寻觅光明的双眼
擦亮了一座城市的未来和璀璨的天空

新旧交替的钟声打破寒冬午夜的沉寂
打破寒冬沉寂的不是时钟转动的指针
也不是午夜讴歌新年来临陶醉的诗人
而是冬将尽春欲来那一阵阵的脚步声

打破寒冬沉寂的也不是春天的脚步声
而是火热的矿山工厂机器的彻夜轰鸣
是工人日夜劳作像太阳般炽热的激情
让一座城市拥有了苏醒的美丽的灵魂

礼物

孩子

我已经老了

也不富有

没有储蓄多余的金钱

没有购买多余的车辆

没有开垦多余的田地

没有筑造多余的房舍

没有什么可以送给你

我虽然不富有

但是很幸运

拥有过太阳

拥有过温暖

拥有过欢乐

拥有过生命

拥有过诗歌和远方

孩子

在你最需要的时候

我可以把这一切都送给你

当你陷入黑夜时

我想把太阳摘下来

送给你

当你身处寒冬时

我想把春天抱回来

送给你

当你感到孤独时

我想把欢乐请出来

送给你

当你面临寒冷时

我想把温暖拿出来

送给你

当你遇到危险时

我会把生命献出来

送给你

当我离开你的时候

你要独立而勇敢地前行

去寻求梦想和希望

孩子

那个时刻

我会把远方送给你

再送给你诗歌

请她陪伴你

深秋的杜梨树

深秋时节

秋风瑟瑟

没有一丝一毫的温情

一阵紧似一阵地

蹂躏折磨着杜梨树

杜梨树的枝叶已被秋风卷去

她的身躯却依然迎风傲立

枝干顽强地挣扎着

缀满深红的杜梨果

丝毫没有放弃的意思

秋风有些不解

杜梨树的处境已经如此不堪

却始终坚守着那些熟透的杜梨果

如此努力的意义和价值何在呢

又一阵猛烈的秋风吹来

一群饥寒交迫的雀儿乘风而来

落在杜梨树憔悴的枝杈上

迫不及待地啄食着杜梨果

那一刻,秋风终于明白了

雀儿们需要觅食养膘越冬

为了雀儿们的温饱生息

杜梨树做着最后的努力和奉献

夕阳西下
已近黄昏
观望着雀儿们
在杜梨树的枝头跳跃着
抢食着最后的晚餐
秋风拂过杜梨树苍老的身躯
感慨万千，不由自主地
羞愧地，慢慢低下了头
追随着落日
悄悄地隐去

后记

这本诗集是写给一棵生长在燕赵大地乡间故土上的杜梨树，它历经风风雨雨，始终顽强生长，并以繁枝茂叶守护故土；是写给自己勤劳善良的祖辈和父辈，他们如同质朴的杜梨树，深深扎根于那一方土地，侍弄庄稼，守护芳草，一株又一株，一茬又一茬，年年岁岁，生生不息；是写给在辽阔草原上幸福成长，创业进取，并与杜梨树血脉相通，以及热爱生活，把草原、大漠、长河、湖泊、山冈、蓝天、白云、阳光和雨露等赋予诗情画意的自己；是写给那些健在或者已故的至爱亲朋好友，他们和杜梨树有着千丝万缕的联系；是写给和杜梨树一样茁壮成长，将来支撑一片天的孩子们，激励他们续写家国情怀，创造更加美好的未来。

这本诗集里的大多数作品，是从自己心灵深处流淌出来的长短句，寄托了自己对美好事物的真情，寄予了对家国亲友的厚爱。为了表达我对过去所受到的养育之恩、滋润之情、深切关怀及温暖记忆的感激，为了纪念那些刻骨铭心的人、难以忘怀的事、深情厚意的情感以及历历在目的光景，我特此将这本集子作为一份礼物献给他们！献给我所有的至爱亲朋！也谨以此诗集特别献给我敬爱的、亲爱的，在我生命中、血脉里留下深刻印记、留下无限温暖的外祖母和母亲，她们是我心中永远的杜梨树！

还要感谢中国电力作家协会会员、陕西省作家协会会员、中短篇小说集《小镇五夫》的作者欧阳廷亮先生为本书作序，感谢中国书法家协会会员、内蒙古自治区书法家协会理事孙瑞芝女士为本书题写书名，感谢太白文艺出版社的蒋成龙先生等诸位编辑为本书出版所付出的心血和努力。

2024 年 4 月